新生活主义丛书

南太平洋
的风

库克群岛
生活笔记

胡子 著

人民文学出版社

图书在版编目(CIP)数据

南太平洋的风：库克群岛生活笔记 / 胡子著.
北京：人民文学出版社，2025. -- （新生活主义丛书）.
ISBN 978-7-02-019025-6

Ⅰ. I267

中国国家版本馆 CIP 数据核字第 2024K5U098 号

责任编辑	卜艳冰　张玉贞	
封面设计	钱　珺	

出版发行	人民文学出版社
社　　址	北京市朝内大街 166 号
邮政编码	100705
印　　刷	山东新华印务有限公司
经　　销	全国新华书店等
字　　数	92 千字
开　　本	889 毫米×1092 毫米　1/32
印　　张	5.5
版　　次	2025 年 2 月北京第 1 版
印　　次	2025 年 2 月第 1 次印刷
书　　号	978-7-02-019025-6
定　　价	55.00 元

如有印装质量问题，请与本社图书销售中心调换。电话：010-65233595

必有所爱方可生存下去
——"新生活主义"丛书总序

当我们还在日复一日的上下班，忙着挤地铁、赶公交、开车堵在环路上时，另外一些人却过着与我们迥然不同的生活：他们可能在南太平洋的海岛上工作，可能在远离城市的乡间种地，也可能在不同的国家旅行和探险……他们从我们习以为常的社会惯性生活中脱离出去，沿着少有人走的岔路，逐渐地找到了一条适合自己的人生路。当我们从疲于奔命的日常世界回头看他们的时候，时常会想："他们的生活好精彩啊！我为什么不能这样呢？他们是怎么做到既保证了自己的生存，又能过上自己喜欢的生活呢？"很多的问题，都得不到解答。毕竟我们不知道怎么去了解他们，也没有合适的途径去跟他们深入交流。而"新生活主义"丛书，就是想要在"久在樊笼里"的我们与"复得返自然"的他们之间搭建一座沟通的桥梁。

我们会约请不同行业的作者来写自己的人生故事，他们所做的事情五花八门，性格也千差万别，人生际遇也有好有坏，但之所以把他们放在一起，基于一个共同点：他们为我们呈现了一种迥异于日常的生活方式。我们未必会去过他们的生活，但通过他们的文字和图像，去做一次深度的了解，也不妨视为一次放松的机会。从繁忙的日常生活中，抬头深呼吸一口来自他处的新鲜空气，再次投入生活中去时，心里会多了一块柔软的空间。

　　沈从文曾说："一切生存皆为了生存，必有所爱方可生存下去。多数人爱点钱，爱吃点好东西，皆可以从从容容活下去。这种多数人真是为生而生的。但少数人呢，却看得远一点。"我们并不认为"为生而生"就不好，只是缺少了一点丰富的人生滋味。而那些敢于冲破世俗去追逐自己梦想的人，也许就是那些"看得远一点"的人。他们承担了未知的风险，当然也得到了不一样的生命体验。

　　希望这一套丛书，能为你的生活增添一份不一样的色样，也祝福你寻找到最适合自己的那片风景。

邓安庆

目录

自序　南太平洋的风	1
二十七岁去远方	1
少爷水手	13
又是一年卸鱼时	20
海上信件七封	27
北方有孤岛	44
彭林岛见闻	51
去彭林	55
苏瓦月古	65
去艾图塔基	71
渔船进港	75
在小岛吃什么	81
养黑珍珠的老李	91
抓虾	96
海边野餐	103
查理家的圣诞节	109
小岛上的新年	114
牛跃峰	119

董哥 130
谢谢你来看我 149

附录
岛民吃什么 159

自序

南太平洋的风

2015年夏天,我从广东海洋大学的水产学院硕士毕业,再次面临找工作的困境。此时我不甘心再回去教英语(本科学的英语专业),也清楚知道自己无法再承受养殖场寂寞生活的苦,在几乎走投无路的情况下,接受了这份外派南太平洋小岛的工作。

提供这份工作的是一家在深圳的远洋渔业公司,公司有船队在库克群岛的海域捕鱼,需要人在岛上负责基地公司的运营,包括管理账目、准证申请、渔船进出港手续等,以及维护与当地政府机构的关系。我性格怯懦,对政策上的事又尤其不敏感,无法全情投入这部分的工作,常常感到焦头烂额。

库克群岛位于南太平洋,陆地面积仅二百四十平方公里,而海域面积达到了惊人的二百四十万平方公里,汪洋大海里让人难以察觉到它的存在。该国一共有十五个岛,一半岛上有常住人口。我所在的岛叫拉罗汤加,也是首都阿瓦鲁阿的所在地。拉罗汤加面积六十二平方公里,中央为原始森林,沿海一线是碧绿无瑕的潟湖,岛民大多居住在此。岛上有一条环岛公路,长三十二公里,开车半小时就跑完了,因此哪怕岛上四季如春,也抵不过两年合同期对人的折磨。我从小在四季分明的地方长大,时间越往后,越感觉身处绿色牢笼之中。

因为出差,我去过艾图塔基岛、帕默斯顿岛、那萨岛、布卡岛和彭林岛。艾图塔基是该国著名的旅游胜地,与拉罗汤加之间有固定航班,交通还算方便,但去其他外岛恐怕就没那么方便了,居民大多只能坐货船出行;帕默斯顿岛在首都西北五百公里处,是一座从四千米海底火山喷上来的环礁岛,海拔仅四米,岛上是绿海龟和许多珍稀海鸟的筑巢点,土地贫瘠,但长有大量露兜树和椰树,因为地方实在太小太偏远,直到1969年才首次被标注在地图上。岛上有六十名左右居民,全是一位名叫威廉·马斯特(William Marsters)的英国人的后裔,有人说他是工人,有人说是木匠,也有说他是造酒桶的。另外几个岛上的见闻,在书里都有描述,此处便不再一一赘述。

这本书里不仅写了卸鱼、出差等工作方面的事,还有我在岛上生活的细节,虽然我说自己性格怯懦,害怕人际交往,但写得最多的似乎还是人与人之间的事:和孔子学院的王老师去海边野餐,和建筑公司的谢总去抓虾,等等。温情的写作我一直都比较擅长,这里我却想着重谈一下对《董哥》这篇的看法,我在这篇文章里进行了更深入更尖锐的探讨——尽管底色依旧是温柔的。

董哥是我上司,职场上的人际关系本来没什么好写的,因为我很害怕人们津津乐道的那些职场生存法则。弱肉强食、狼性文化,在我看来,这些东西都在极力磨灭人性里温柔的部分,我对成为没有感情的职业化的人没有兴趣。董哥看到了我身上的这个"缺陷",害怕我在职场上吃亏上当，他想"治好"我，我在那一刻感觉到他的矛盾，一方面他有颗善良的心，另一方面他确实又被社会上常见的生存法则束缚住了。

所以我可能并不是真的害怕和人打交道，只是采取了一种以退为进的方式筛选想要打交道的人。我在董哥身上看到了踏实的本领以及行事的缜密，最后我通过自己的努力得到了他的认可，明白保持内心脆弱柔软的部分也是可行，对自己这种被他人长久诟病的生存模式也更有信心了。

岛上生活虽然寂寞，但也正是那两年我被更多的读者认识，在回国前，仓促地出了一本书，有关库克群岛的文章只占了三分之一的篇幅，感觉是有些遗憾。现在六年过去了，邓安庆老师给我机会，让我整理出这一本完全的关于库克群岛的书，似乎是和这段经历最好的告别方式。

谢谢邓安庆老师、张玉贞老师，让这些寂寞的文章和照片以更完整的方式和读者见面，也谢谢读者朋友们一直以来对我的关注和鼓励，希望大家打开这本书时，能感受到南太平洋吹来的轻柔的风。

最后感谢我的父母，当时我要去库克群岛这个听都没听说过的地方，他们内心的恐慌可想而知，谢谢他们的勇敢，让我知道了更宽广的世界是怎样的。

2023 年 7 月 1 日于湖南宁乡

二十七岁去远方

我满二十七岁没几天出了国,这是从来没有预料到的事情。以前在外语系还有这样的念头,后来在外面做几年事,都不算顺利,就再没想过了。之后去读研,四月提交完论文在网上找工作,简历多投在广州或深圳。五月终于有份心仪的工作朝我抛来橄榄枝,是一家做国外房地产的咨询中心,地方在广州天河,那里高楼大厦林立。我英文一般,尤其笔头功夫更为普通,但那一年我在学校接了不少翻译的活,虽然初稿都是靠机器,可校正总要花点功夫,时间一长,看到大段大段的英文心里已不再发怵。面试前一晚又跟姐夫用英文聊了聊,他一听,觉得没问题,让我放心大胆去。我好像真觉得这份工作势在必得了一样。

学水产那两年大多时候待在乡下,我不甘心,渴望城市生活,想着只要在城里落了脚,就会渐渐认识兴趣相投的朋友。樟木头到广州有和谐号直达,我也正是看中了这其中的便捷,方便节假日回家。到广州,先去见了家瑜,家瑜是在网上认识的,他在一家杂志社做编辑,发过我的两篇文章。他的文章我也都看过,写他在轻轨上的见闻、中文系的生活以及故乡的小事,笔调很轻,应该是个沉稳的年轻人吧,我在站台等待时这样猜测着。这时电话响了,我接起来,见远处有个人朝我挥手,想必就是家瑜了。家瑜个子不高，也许是经常踢球的缘故，脸上和手臂晒得黑黑的，脚上穿着一双球鞋。他笑眯眯的，很随和，请我到他办公室小坐，并泡茶给我喝。他喝茶的样子慢悠悠的，有点像电视里机关人员的做派。之后家瑜请我在附近饭店吃饭，为照顾我，特意点了辣椒炒肉，他说他能吃一点辣，但其实不能，看他止不住地喝水。

吃过饭后去面试，虽然笔译做得不算好，但洋洋洒洒谈了很久，心想应该没有问题。从大厦出来，看车站只有几条街远，于是走路过去，想多看一看这座高楼林立的城市。以后得空可以去看家瑜踢球，周末和宋老师一起去植物园，还有些久不见的同学，有机会可以请大家一起在住处做饭吃呀。边走边满怀期待地幻想在这里安定下来以后的生活。我穿着新买的皮鞋，因为袜子短，脚后跟很快磨破了皮。这好像是个不祥的预兆，之后几天左等右等不见答复，终于有天鼓起勇气打电话过去问，对方说不合适。我这才不得不承认自以为十分坦诚的"夸夸其谈"在面试时应当竭力避免，但我就是这样一个人，假如以另一个身份得到这份工作，以后都必须用这个身份工作下去，我知道自己无法长久支撑。难过一段时间后，新的面试机会又来了。

其实这是这份工作第二次找我，当初投简历的时候看地方在库克群岛，我甚至都不知道世界上有这个地方，图好玩随便投的，所以第一次收到面试电话时我委婉拒绝了，以为对方是骗人的中介之类。没想到他们还会再找我一次，对方说我学过英语和水产，很适合，希望能认真考虑。我也实在是走投无路，在网上搜了下相关资料，确定是正规工作后，才敢跟他们约好某一天去面试。巧的是羊角在附近上班，那天早上我特地六点多起来，炒了两个菜带过去。地铁快到站时，忽然接到人事部的电话，对方说公司有些临时状况，让我改天再去。而论文答辩在即，我没有时间来来回回地跑，我坚持这天面试，对方无奈地说："那行，你要做好心理准备。"挂了电话，心里一紧，果然没什么顺利的事情会发生在我身上啊。上楼后我被眼前一切惊到了，门口挂了白色横幅，几个男人在门口说话，办公室里面一群阿姨、奶奶趴在那里哭。原来是几个月前发生海难，家属觉得赔偿不够，又来闹了。我站在那里，仿佛周遭一切都失去声音。如果是我出事，趴在那里哭的就会是我的妈妈，她是多么可怜的一个女人，老实本分了一辈子，如果到老还要经历这些，实在太可怜了。这时人事部的小姑娘到我面前，说，抱歉，事情发生得突然，情况你也见到了，要不下次再来。我呆呆地点头，又呆呆地下了楼。

好像大脑被掏空一般，我一路失神地走到羊角上班的地方，无论如何，做好的菜要拿给她。如果那天羊角准时到了，接下来的事又会是另一番模样吧。而羊角就是羊角，她说很快到，但至少迟到了一个小时。这一个小时我坐在人来人往的书城，看班级群里说答辩的安排、招聘的信息，我忽然感到不甘心，给姐姐打电话，姐姐说既然心里这么不安那就不要去，工作努力找找还会有其他机会。姐姐说得在理，可像我这么难搞的一个人，换过好多次工作，合适的谈何容易？我又给王叔打电话，王叔在建筑公司做预算，他年纪大，见多识广，他听完，问我用不用上船，我说不用，平常在基地待着。他于是哈哈一笑，那你有什么好怕的？何况意外在哪个行业都有可能发生。我好像就是需要这么一个人推一把，于是又给对方人事部打电话，对方说老板在忙着处理现场，无法保证今天能抽出时间见我。我悻悻地挂了电话，这时羊角也来了，我从书包里把菜拿出来给她，正要说再见，电话又响了，人事部说让我快回去。于是，我找到了这份工作。回程火车上，天已经黑了，下起暴雨，远方雷声滚滚，玻璃窗上密密水珠被风吹成几条线，看着玻璃上自己疲惫不堪的脸，想起一路以来的不容易，即便如此，还是落得这样一个被动局面，离父母远去，去一个陌生遥远的地方两年，没有朋友，我很怕的呀，人生真是太难太难了。我咬紧牙，尽力不让自己哭出声。

处理完学校的事情，我在六月底入了职，计划八月初出发。有天接到一个电话，对方说一口好听的宁乡话，猜很久才知道是周燕春。他下班从塘朗过来找我吃饭，我担心了一天，因为不知该说什么。高一我们同一间宿舍，他在六床，我在八床，靠窗相对。他皮肤黑，肩膀耸起。他那时写毛笔字，成绩也好，当班长，而我是个很闷的人，彼此来往不多。我知道他家里一点情况，兄弟俩，靠妈妈一手养大，他俩也争气，如今都在这边安了家。在地铁口见到他，他穿着红色T恤，没从前黑了，只是头发稀疏，略显大人疲态，但牙齿很白。他好像变了一些，谦逊，不显摆，等位时一直说着话。我们家庭状况差不多，都是靠自己一点一滴地努力才有如今的样子。我们吃的烤鱼，他也爱吃。下次见面不知什么时候，他结婚了，有了小孩，离别时我们互加了微信，我浏览了他的朋友圈，明白我们终于还是有很大的不同，以后不太会再联系的吧。我想起他高中时的样子，甚至记得他那时候穿过的衣服，早上他煮面，跟其他室友谈历史、说笑的模样，心里有点伤感。

这一个多月，我几乎每个周末都回家，当我坐在星期五晚上回樟木头的和谐号上，想起从前羡慕曹艳琴在深圳上班、周末回常平见父母，而现在我也做到了。我是很不容易才走到这一步的，往后还会有很难很难的时刻，还会有更多的欲望，会忘记很长很长时间里我需要的只是这样一点点。我有点感动，于是在日记里写了上面这段话。

日子如期而至，我已经把所有在深圳能见到的朋友或同学都见了一次，可是哪个能料到出发前一天上厕所时不小心把脚板骨头摔裂了。脚上打了石膏，不得不在家里多休养一个月再出发。我白天黑夜地躺在床上，脚痛得不知如何是好。爸爸看我痛苦，请来附近诊所的胡医生给我敷药。胡医生将石膏拆下来，我感到舒服多了，他把一盒刚和好的草药一点点糊在我的脚背上，草药很烫，胡医生说烫才起作用。我听他的话，见他用干净纱布一圈圈再包好。他一共来了七趟，再过一段时间，渐渐感觉受伤的脚可以使劲了。

在家差不多闷了一个月，头发疯长，浑身上下散发着阴暗的气息。有天夜里决定试试走路。厂门口两个小孩子泡在充气水池，一个光了屁股起身浇水到另一个头上。天桥楼梯旁一株羊蹄甲伸长枝叶，夜风里一副健壮模样。上次，不记得多久前，上面的叶子还是孱弱地垂着。路边有人躺在长椅上吹风，狗趴在一旁，树影在清凉的光里拂动。五金店老板和他几岁大的儿子蹲在大门口，钻头在纸盒上钻出一个洞，小儿子抬头对着他的爸爸笑，远处山下的吊塔支臂尽头一盏灯小心又均匀地闪着红光。接下来的每天晚上我都沿着相同的线路，走到高架桥下的便利店前坐一会儿，然后回去。有天刚下楼，见对面修理店的老板正拿着橡胶锤敲电机里的铜丝，五月回湛江，爸爸喊他开车送我到樟木头搭车，是个客气人。我喊他，叔叔，过几天我就要走啦。他忙着做事，说不能陪我。我说，不坐，去走走。他又问我爸爸在哪里打牌，我说我不过问爸爸这些。天桥上热闹了些，两个小伙子坐在台阶上，脚边放了吃的。桥上一对恋人，靠得很近，大概是在接吻。带了暑气的夜风吹过来，走到小卖部，店门依旧关着，也许是没生意，老板走了。店门口可乐桌前靠着一块招工牌，招八个保安，两千三到三千一月，包吃住，穿着夹克的年轻人路过停下来看一看。他们年纪那么小，保安是很寂寞的工作，也许没有去做吧。

等脚差不多恢复好了，我回公司报到，确定九月初出发，正好还能在家里过二十七岁生日。生日那天，我和爸爸妈妈、姑姑姑父在外吃了饭，晚上又去唱歌，家人舍不得我，我何尝不知道，在一阵欢乐之后，就真的要说再见了。出发前一个晚上，我要去外面散步，爸爸说他也要去。我洗澡，他在楼下小卖部等。我们一起去药店买了藿香正气丸和感冒药，中暑和感冒是我每年要得的病。他说有样感冒药格外好，我要出钱，他拦着，我讲公司能报销，他说报销了钱你自己拿着也一样。他还帮我买了一根皮带。路边打印相片的，一块钱一张，过塑的两块，我们洗了两张，一张是爸爸送我上大学，一张是生日那晚他和姑姑一起唱歌的合影。想起还要买手机支架，我们便一人买了一个。我想再过两年回来，也许会忘记这个时候和爸爸走在一起的心情，觉得很舍不得。而当我写下这句话的时候，时间刚好过去一年，我就要二十八岁了，出差在遥远南太平洋很小很小的一块陆地上。

2016 年 8 月 22 日于彭林岛

从外岛回拉罗汤加岛时拍摄。我想起刚来时，从中国香港飞到新西兰最大的城市奥克兰，再转乘奥克兰到拉罗汤加的航班，全程花费了两天时间。快要到库克最大的岛屿拉罗汤加时，透过飞机舷窗第一次看到了这座我将要生活两年的岛屿。它孤零零地浮在南太平洋的海面之上，看起来如此之小。

拉罗汤加国际机场

岛中央是高耸的山峰和原始森林。

从岛上看去,是无边无际的南太平洋。

山海之间

岛上的云

南太平洋的风

木麻黄与海

我工作和生活所在的基地

我的卧室

少爷水手

有天凌晨，老余的电话响起，是从海上打来的卫星电话。船长说印尼船员打了我们的人，听语气像犯了错的小孩子，委屈讲着事情原委。然而老余哪里听得进去，扯开嗓门质问："你怎么当的船长，自己人被印尼人欺负？"气呼呼挂了电话，又骂了句"他妈的"。我在他房间打地铺，坐起身，扯回跑偏的席子，小心翼翼地问怎么了，老余怒气还没消，说："现在这些船长真没用，我要是在船上，轮得到别人欺负我们？但如今又讲不得这句话。"我忍不住笑："你都六十多岁了，为什么还像个暴躁的年轻人？"老余这时才收起一点脾气，说："哦？这哪里算暴躁？"

我那时才进渔业公司，不了解海上之事，只是本能地觉得辛苦和寂寞。上船前我和老余一起待了一个月，他担心我，认为我过于柔弱天真。有天夜里在楼下公园散步，他又一而再再而三地讲海上捕鱼如何辛苦、坐船多么遭罪。其实在这之前，我已经花了很长时间去接受这样一个悲惨的设定，我忽然不想再听，说："总归是有好玩的事情，对不对？比如海上星星一定很好看吧。"老余一听，带着鄙夷的语气："还有心情看星星，狂风暴雨够你受的。"后来有人过来吃饭，要喝酒，我不会，摆手推辞。那人用一副不可思议的表情看着我："船员不讲道理的，喝酒才听你的话，你不喝，怎么和他们打交道？"这时老余又拿我海上星星的事说笑。我只好低头闷声吃饭。

没料到出发前一天崴了脚，医生说轻微骨裂。打石膏在家休养一个月，这时渔船即将进港转载，我没时间再上船，直接飞去了库克群岛。中秋那天，临近黄昏开车去船上吃饭，月亮正挂在远远的天上，然而还是好大好亮。船长和大副在二楼的客厅招待我们，其他人只能在一楼厨房，地方实在太小了。桌子上有黄牛肉、鱿鱼以及白天我们买的鹦鹉鱼。黄牛肉是从国内带来的，牛肉味很重，不知怎么做的，连着透明的那一块也好吃。大家敬酒，我试着喝一点，两杯啤酒没喝完，身上就烫得厉害，头痛欲裂，起身去驾驶舱前吹风。冷的风，几个印尼船员在下面抽烟。我问他们吃饱了没有，其中一个会英文，他说吃饱了。今天他们每人发了一瓶啤酒、一罐可乐，很满意的样子。大副说因为地方小，把他们留在一楼吃饭不好，平常天气好大家把菜端在甲板一起吃。船长也夸这几个印尼船员做事认真听话。我问他们名字，一个叫安迪，一个叫拉阔，一个叫阿迪。

阿迪年纪稍大，他问我是不是知道他们薪水的事，代理太坏了，每个月抽掉不少钱。这事我知道一点，但不敢说。白天有当地人到我们住处，看见车顶晒的海参，问怎么吃。我多讲几句，进屋就被来这里出差的一个领导骂了，说不该多嘴。"要是'土人'找麻烦怎么办？外交无小事。"我只好对阿迪撒谎，说自己不是会计，不了解他们工资。阿迪理解我，问我公司网址，说做完这个合同期直接和公司联系。说真的，我特别想帮他，船上做事那么辛苦，希望他们可以多得一点钱。然而我还是找了借口推辞。心想要先去请示上司，上司不同意呢，我把网址偷偷写在纸条上塞给他。不过人心隔着那么远，到底还是害怕。我太心软，心软的人最容易坏事。想啊想，觉得难受。我问阿迪有没有去街上走走，他说去了，可是银行关门，身上的美金没换成，就没买东西。他问我有没有钱换，我有八十块，按一点五倍的汇率全换给他了。而菲律宾来的同事白天在超市遇到老乡，那人按一倍给她换的！我后来趴在船舷吐完，稍微舒服些，回来趴在床上睡过去，醒来是凌晨四点，外面呼呼的风刮着。

来不及想家，船接二连三进港了。董哥教我如何报关，如何与当地各部门沟通。到夜里船上说有人生病了。生病的正是阿迪，大概白天鱼舱待得太久，那里面零下五十多度，水手们穿很厚的棉衣，三双长筒袜，嘴巴鼻子遮得严严实实，额头发梢和眉毛结了白色的霜，只剩下昏暗灯光下一双黑眼珠。我进去一会儿，寒气长驱直入，匆忙又跳了出来。这时阿迪坐在厨房长凳上，眉毛聚在一起。我探探他的额头，很烫，问他还有没有衣服穿，他说有，我让他多穿一件。去医院路上他问我有没有脸书，说以后到印尼可以住他家。医生开药，让他休息两天，可第二天我又见他穿好棉衣准备进鱼舱工作。我问他今天怎么样，他脸上有了血色，说差不多好了。我说你不要那么拼命工作。他冲我笑一笑，拍拍胸脯进舱了。

不一会儿，另一艘船又喊有三个水手要去看医生。医院方面的事我差不多清楚了，这次由我开车带他们去。路上年纪大的那个打探我薪水，说如今研究生一点用没有。我装作不服气的样子争了几句，心想之前老余讲船员的不是都满对的。正沮丧，小的那个说话了，噼里啪啦一长串惹怒了我："你看，我们现在待遇没以前好，就是因为公司请了你这样没用的人。""我没用？那么现在哪个带你看医生呢？""这个事董经理可以做啊。""那么董经理这会儿在哪里呢？""哎，你么么认真做什么？开两句玩笑。""玩……玩笑是这么开的吗？"我气得话都说不利索了。忍着脾气挂号，远远见他在门诊外面一副痞子模样。到科室，我看医生写他年龄，比我小，终究是个小孩子啊，我何必跟他生气。医生低头开药时，我问他："少波是吗？我刚才车上不该和你较真，你是说着玩，但当那么多人讲我没用，实在太让人难堪，换作我这样讲你也受不住是不是？"他可能意识到了自己的不该，列举一大通理由证明是无心之举后表示了歉意。

他胸口长了一个纽扣大小的脂肪瘤，医生看来并无大碍，但他说难受，希望消掉才好。第二天早上又带他去医院，刚上车他就嚷："他妈的，不干了，不相信我有什么意思。你让公司帮我订机票回去。"我不知怎么回事，安慰几句没有用我就没再多说话。打完针回去码头，这艘船喊没青菜，那艘船喊没有肉，我才学会开车，小心翼翼带大家从早跑到晚，中饭顾不得吃。夜里累，坐在运输船角落听同事讲话。这时少波又来了，冲我嚷："哎，你明天再带我去趟医院好不好？这针有点用。""你先问问董经理，我的时间由他安排。""那你打电话给他。""你打。"我递给他电话,他不肯,坚持要我打。电话不通,他终于消停了。到第三天,我刚到码头,他从很远地方跑过来:"哎,你开车帮我们拿下东西啊,实在拿不动了。"我正想推,他说:"你反正这会儿没事,去啊。"我厌恶被人牵着鼻子走,可实在找不到借口,只好不情愿去了。回来后我尽量躲着他,可怎么躲也躲不了。736船的电路出了问题,修理工是个犹太人,讲一点中文,哎哎哎半天,轮机长不晓得他说什么,让我翻译,我不懂电路,靠仪器上型号搜到国内销售公司,找到技术服务电话,一阵鸡同鸭讲,只好加微信逐句翻译。我正翻呢,他站在码头喊:"哎,我问过董经理啦,他同意我再去打一针,你开车载我去啊。"我没好气地回了句哦。

实在被他弄怕了,跟同事吐苦水。同事说:"他啊就是嘴贱,干活其实拼命,船上最脏最累的活他都干,要卸鱼,光膀子就跳下舱了。"晚上我在码头候命,他过来,以为又要做什么,没想到他说:"大哥,谢谢你啊。明天我们就走了。"这声谢谢让我心软了。他自顾自说起话来:"如果不是答应我妈,我今天就不干了。你不知道以前在台湾船老板多喜欢我,问我要什么,我说烟,他就给两万块新台币,算仁义吧。可我妈欠了赌债,她让我跟老何出来捕金枪。我们福建人讲信用,欠债还钱,三年还清,他们可不能来硬的,不然鱼死网破。"我问:"你是不是得罪老何了?"他一听急了,说:"船上的事我哪样偷过懒?但不能平白无故冤枉我。你老何当着印尼船员骂我祖宗,好啊,你骂,我知道你杀鸡儆猴。可我做得不对的地方，不能私下讲？这样弄得我没有脸面，以后印尼人还听我的？厨师是他亲戚，又要揽杀鱼的活，妈的，船上这么多年了，连条鱼都杀不利索。我鱼捞长不当了，让你占尽便宜去。""是，少波，我相信你做事用心，但说话是不是要注意点呢？我不知道你跟老何之间的事，但我们第一次见面你就对我说那样的话，如果对方是个小心眼呢？像我就是那样小心眼的人，那晚你让我打董经理电话，并不是没打通，我只不过做样子敷衍你罢了。可是后来听同事讲起你的努力，你这会儿又来跟我说声谢谢，我忍不住担心你。你和我一样啊，总以为自己肯吃苦受累，只是受不得委屈，可出来做事哪有不受委屈的时候。以后和别人说话要小声点。"他一听又急了："大哥，如果你觉得我说话大声是不恭敬，我真的没办法。在船上哪个不是吼。那天你讲我，我知道你夹在中间难做，所以我没有胡闹了。我是脾气不好，家里人惯出来的。妈妈宠我，姐姐宠我，在家里她们喊我少爷呢。我姐啊，每次见面就骂我，我走没两天，又听我妈讲她在念叨。如果她知道我瘦成这个样子肯定会心疼的。"听到这里，我搂了搂他的肩膀，说："少波，听大哥一句话，以后有脾气忍一忍，不然吃亏的还是自己。"

隔天一大早，我报完关，711船要走了。少波解开缆绳，我在离他不远的地方喊："少爷，你多保重啊。"然而他没有听见，像只专注的小豹子一下窜到船上去了。

2015年10月21日于拉罗汤加

船上拿的零下六十度的超低温金枪鱼,品质很好。

要在海上漂三个月才能回港。

又是一年卸鱼时

二三月份，渔船陆陆续续从密克罗尼西亚转场过来，我申请了不少捕捞准证，其间又帮忙接待过几次政府团，事情虽繁琐，日子却还算清闲。眨眼到了五月，鱼舱渐满，而那时大多数渔船在北方群岛附近，加之四月我去其中一座小岛，与当地海关、渔业局打招呼，并熟悉了当地转载条件，董哥因此把今年第一次转载安排在那里。此时我远在拉罗汤加，船上没有会英文的人，进出关以及与渔业局的沟通都只能在电话里进行。外岛英文水平不如拉罗汤加，官员们做事也更散漫，拿海关来说，一个事情先在电话里沟通两遍，邮件里写一遍，另外再短信跟进两遍，才有可能做对。而当地渔业局的官员是个酒鬼，常常九、十点了，还不见人，船上催我，我打海关电话，打市长电话，打市长女儿电话，满岛找人。后来搞得烦了，去渔业局"诉苦"，人家护短，说没汽油啦，没法上船（我们在潟湖外转载）。第二次过去转载我们干脆送几大桶汽油给他们，结果还是迟到，我不依不饶去渔业局讨说法，这时他们总算松口，说如果过了九点还不见人，我们照常转载就是。

慢慢渔场南移，这边国庆在即，董哥桌子一拍，把第三次转载安排在拉罗汤加。去年他在，凡事有他出面。他带我去监狱找工人，这边犯人所犯之罪不重，可外出打工，周末可回家，监狱方面也想捞一笔收入，于是一直和我们合作。转载船来的那天，董哥在港务局用单边带和船上联系要怎么靠港，去货物代理那里预定转载用的货柜，给工人订餐，去农场预定蔬菜补给船上，请当地电工维修机器，事无巨细，看他周旋于各处，我的心里暗暗佩服。只是没想到这么快就由我一个人来做了。

如往常一样运输船先到拉罗汤加的港口，船上还是原先那帮人，只是多了几个萨摩亚船员，这样就无需再从当地请工人。第二天周六，集市上电话费充多少送多少，公司规定，只有管理层的人才有电话卡，其他人得自己花钱，我想反正基地有现成的，把卡借给他们，帮他们充钱就好了。七八个人围着，要解释，要设置，要买流量，到后面我已经没有力气讲话了，抱着大家出门在外不易，靠了岸都想跟家人朋友联系这个想法一直耐心帮他们弄。董哥说有预算请船上人吃饭，于是带大家买菜买酒，在集市买了白菜、萝卜和豆角，还有很嫩的生姜，十纽币一袋，买了两袋，还有个不大不小的菠萝蜜，老板去过海南，说我们中国的菠萝蜜那才叫一个大，张开手做样子，我连连点头。老姚是船长，看辣椒一块钱一个，不买。他还是挺节俭的，后来去超市看见大葱，拿到手里又退回去，我说想吃就拿，有预算，不要怕，结果买了不少肉，还有五六瓶红酒，预算超了，后面几样就不能买，又退了，其中一样就是大葱！船上的米好吃，粘性很好，我跟老姚讲下次从国内过来帮忙带几袋。他心情很好，连连答应。后来老潘说老姚答应了什么你要赶紧拿，不然时间一久，他就反悔。讲实话，我脸皮薄，做不出那样的事。后来吃晚饭，受老潘的再次怂恿，老姚给了我老干妈、榨菜、咸鸭蛋，我感到不好意思，拿了家里几条鱼，又弄了些木瓜到船上。

　　船上吃饭分三四拨，菜是一样的，只是印尼船员不吃猪肉，有些菜得另外炒。他们在过道吃饭，阿迪见了我，投诉有艘船的大副打印尼船员，我说我们已经警告过他了，再打人就开除他。阿迪会说英文，算是印尼人里的老大。他吃饭不用筷子，用手抓，一点鸡肉一点饭，揉在一起吃。那时太阳已落了下去，天上飘着晚霞，船顶一个印尼小伙子在做祷告，地上垫了席子，他跪在那里，后来注意到我，朝我笑一笑。我虽然不信教，但是喜欢他这样和自己独处的时光。到第二天早上，听说船上的萨摩亚船员偷烟，我先是跟其中一个讲，这个人也非常讨嫌，到处借钱，我要不是听渔业局讲，差点也要在他面前吃亏的。我说，你们作为萨摩亚人，在外面要有骨气，大家都说你们萨摩亚人偷东西你觉得光彩吗？他倒是没怎么还嘴，后来我见了其他几个，他们一口咬定没有偷。我没有证据，也没办法，只是说我们公司尽可能帮助你们，你说手指痛，我带你去医院，可是你们怎么对我们呢？你现在可以信誓旦旦地说没有偷烟，那好，我相信你，但如果下次再有我们的人讲烟不见了，我们会扣你们工资，要是严重直接开除。我能做的就只是这样，可能往后还是会偷吧，只是可怜公司的船员了。

　　过两天，渔船陆陆续续进港，白天我帮忙补给食物，带船员看病，处理海关和渔业局七七八八的问题，晚上回办公室继续安排第二天的工作，我的脾气变得十分暴躁，不再像才开始那样和和气气。有时事情安排不过来，船员个人的事情就只能推到一边，比如有个人要我买奶粉，我一直没买，他对我大吼大叫，我说你搞清楚，买奶粉不是我的工作，是帮忙，你吼我我就会去？（后来还是帮忙买了。）还有个船员因为手机上不了网，公司只有一台手机公用，我顾不过来，他就一直念啊念，念得我烦躁了，只好去吼另一个拿了手机的船员。一开始我对他印象很好的，他是个小胖子，说话有意思。我问他辛苦不辛苦，他嘻嘻笑，说才开始会辛苦，慢慢习惯了。他骄傲地说他跟船长是邻居！他还有那样年轻人的天真气，仿佛对一切还有兴趣。他说，哥，我手机数据线坏了，耳机也坏了，你得空去买下好不好？我说这里东西贵。他一听，着急地说，你不要管贵不贵嘛，没有这些在船上连个歌也听不了。我每天大大小小的事情没有停过，仍然抽空去帮他买了回来。但是后来他一直霸占着这个手机，直到我吼才愿意拿过来，让我感到失望。

　　有天我实在累不过，晚上八点多回了办公室，鞋子没脱，倒在床上睡了过去，到凌晨两点多醒来，继续处理邮件，等忙完，天快亮了。我很沮丧，因为自己在如何管理别人这件事情上丝毫没有上进心，可如果做不好，又会一直这样疲惫下去，直到耗光最后一点力气，最后不得不离开。可是以后要去做什么呢？我也不知道。

　　这天货船要出港，我们的船开到潟湖外飘着，陆地上留了三个船员买东西。我带他们买完,又回办公室做事。天一直下雨,担心他们没有吃饭。和老张一起去码头看,三个人可怜兮兮地站在仓库的屋檐下,见我们去了开心地招手。把他们带回基地,饭菜热了热喊他们吃。他们见院子里有辣椒,摘了一些。又有一天,是轮机长,也因为手机卡的事情吼过我。后来帮他弄好,他的态度好了很多。他的衣服穿坏了,剩下两身体面的,舍不得穿,他说在机舱干活没必要穿好的。他请我带他去买,在路上听他说一说船上的事,原本他在我们公司做,有十多年了,后来去浙江的渔业公司,待遇方面更好,但船况差,他想来想去还是命要紧,又回来了。他是福建人,上了广东人的船,说吃的方面不适应,广东人的稀饭是用干饭加水煮出来的,我听了好笑,想起自己早几年才去湛江的乡下育苗,也是吃这样的早饭,很能明白他的不适应。后来船快要走了,大家都在舱内休息,这时渔业局有人来要鱼,他正好在,喊两个人扔鱼到岸上,我正要去捡,他哎哎拦着我,自己去了。他这一拦,我麻木了几天心又变得松软些了。

2016年7月24日于拉罗汤加

船上伙食

卸金枪鱼

卸鱼

卸杂鱼

海上信件七封

×××，

你好。

现在是库克的四月二十八日下午五点，我上船的第二十四个小时。

昨天上船后，才拍了几张照片，顿时觉得天旋地转，几个小孩子跟我说话，找我玩游戏，我一点应付的力气都没有，回到住处，吃两粒晕船药，躺了下去。

船舱里热，一股脚臭味，我让下铺的人帮忙打开风扇，尽量放松，试图让身体适应摇摆，可是啊，头痛得厉害，想吐，却不敢吐，那一下我感到很绝望，十四天的海上航行，不知能不能熬得住。

在一个叫天天不灵，叫地地不应的地方，不是小孩子玩游戏，连放弃都没可能。

想起以前看电视剧，偷渡的人藏在箱子里，我有些感同身受了。

不知怎的，竟也睡了过去，只不过连睡着也是痛苦的。

醒来一看时间，是半夜十二点，感觉浑身上下脏得伸展不开，鼓起劲拿了衣服和洗发水去楼上的卫生间。门是关的，听见里面水响，以为有人在，抱着衣服坐在门槛，冰凉的夜风吹得我发抖，我往身后一仰，从几个高高的蓄水桶之间望见浩瀚的天，那明亮的月光和星光啊，不等多看两眼，零星几滴雨打在背上，我只好躲进过道，忍受难闻的气味。

我快熬不住了。

这时去帕默斯顿岛的胖大姐下来把卫生间的门打开，原来里面没有人！我又等她解完手才进去。这个大姐有多胖呢，在岸上的时候要时刻搬一张椅子坐着。等她出来，我把衣服挂好，解手，脱完衣服，正要洗澡，发现没有水，左试右试都没有反应，又只好穿回短裤，扶墙出来喊人帮忙，有个人在饭厅长椅躺着看电视，他过去检查，说没办法，然而水又奇迹般地流出来了。

我已经折磨得快没了力气，趴在马桶上吐了两三次，等稍作平复，终于洗了澡，又把衣服洗了。

觉得身上松泛了些。

躺在床上，又吃了一次药，还是觉得不够舒服，想起包里有一盒唐太宗活络油，我出来时妈妈一定让我带的，说小物大用。我在肚脐、太阳穴、前额、耳朵后、鼻子下都涂了，顿时冰凉冰凉地辣起来，我终于慢慢睡了过去。

对了，我忘了说我的浴巾，这一路多亏有它，睡觉时用浴巾盖在身上，蒙住头，才仿佛觉得还在自己的住处。我真是太聪明了。

×××，

你好啊。

现在是库克的五月一日上午十一点半。我终于又有力气和你说几句话。

好像重新有了生命，可以喜欢一个人，可以大声喊，可以用力跳。哈哈，其实我还是躺在床上。

我这几天就这样躺在床上，日颠夜簸，又想吐又不敢吃东西，但实在饿得头发昏了，去楼上饭厅泡了一碗面。我很想很想吃一点青菜，可是船上没有青菜。每天都是咖喱羊肉或者洋葱羊肉，我闻到这些味道都害怕。

吃了东西怕吐，只敢躺回床上，尽量放松，又吃了几片药，说明上写着每天最多不过两片，我一次就能吃这么多，一天三次，很快药也吃完了，我像上了瘾，没药心里很慌。

泡面时，不争气地哭了出来。我怕自己死在船上，可是我不能死，我死了，家里人该多着急啊。我要鼓起勇气活下去，可是我很难受。

我很快把哭压制下去了，我知道哭不顶用，而且会浪费力气，等我下了船，吃饱了，再来抱头痛哭不迟。

迷迷糊糊之间，好像适应了船舱的味道。我不需要二十四小时用浴巾包住头睡觉了。好像闻到了妈妈身上的香水味，仿佛回到了小时候。后来我又想到了吃的，想中土吴师傅做的辣椒炒肉。特别特别想。

自星期五到现在，我吃了一碗面，一个苹果，两块饼干，半瓶水。想起在拉罗汤加的日子，那算什么苦呢？说到苦，离开你以后，我吃了好多好多苦，一次比一次难。我希望自己将来可以不要再吃这么多苦了。可是谁知道呢？

哎，不该说这几句话，因为写完我又开始哭了。真是没用啊。

×××，

你好。

这会儿是库克的五月三日夜里十点，我在布卡岛的第二夜。

我此次来这里出差，主要和当地各个政府部门谈我们公司在布卡岛转载的事情。这里离拉罗汤加十万八千里，一个人也不认得，几乎是没头没脑跑过来的。可是啊，过了帕默斯顿岛以后，我发现船上还有另一个乘客到布卡，有点相依为命的意思。我和她聊过几句。有天也不知什么时候，我醒过来了，她站在门口，说各自坐船的感受，后来我给她一罐可乐，她很感谢的样子，收起来，应该是拿回去给小孩子。她叫安，是三个孩子的妈妈。到后来她听说我要去布卡岛找他们的市长，她说她爸爸就是市长，再后面几天，我们更熟悉了，我问是不是可以住她家？她说她家没空房，问我住她父亲家里如何？哈哈，我说当然可以。

我现在就住在布卡岛市长的家里。

那天下了货船，接驳船带我们穿过潟湖上岸，我觉得一切美得不真实，觉得自己何德何能可以见到这样的美景。两个岛之间，一线长的潟湖，中间稍微高一点的石头上长出几棵椰子树，像是凭空悬在地平线上。潟湖的水清澈见底，手伸下去，还留着日光的温度，很舒服，几个人站在潟湖边缘甩钓，你知道，潟湖边缘就是几千米深的大洋。接驳船越往岸走，水越平静，到最后平静得像面镜子，天色渐暗，天地间剩下一点幽暗的蓝色，岸上有火光，小孩子们扎堆站在岸边等船靠岸，那样的场景，有点像进入桃花源境一般。

在安家里稍作休息，她敲椰子给我喝，太久没吃过东西了，我一只手端不稳椰子，抖得厉害，只好捧着喝完。我从包里翻了几包面给她小孩子，她拦住我说不要给那么多，她担心我回去在船上没东西吃。然后她骑摩托送我去她父亲家，走着走着，忽然进入树林之中，一点灯光也不见了。我小声地问安，这个地方安全吗？她说很安全。没过一会儿重新见到灯光，我才真正放心下来。

院子里坐着许多人，乌漆墨黑的，我也不知道哪个是哪个。这时安的父亲拉多过来和我握手，她父亲是我来库克第一个用双手和我握手的，而且会像我们中国人一样点头表示敬意——虽然西方人之间一般握手比较平等随和，但受到这样的对待，我仍然感到十分亲切和高兴。

夜里洗了澡，安的母亲四月帮我洗了衣服，我说真是不好意思，船上实在太臭了，还请劳烦您多放点洗衣粉。他们的洗澡间有点像我们乡下常见的布局，厕所浴室搭在房屋背后，盖一层石棉瓦（当然他们用的不一定是石棉瓦），就你走在这下面，有点像在外面，但实际上仍然在房子里，我知道这个描述得不算好，但你应该明白我说的这个感觉。洗澡间没有灯，摸黑洗的澡。

过道里悬了一串香蕉，熟透了，我刷牙时闻到，觉得很好闻，用力呼吸了几口。他们家的房子一点奇怪的味道也没有，是平常干净的乡下人家的房子，我没有觉得心慌。

夜里躺在床上睡，睡得很难受，可能在船上太久伸展不开，我浑身上下感到酸痛，夜里反反复复地醒来，就像还在船上一样，迷迷糊糊之间有点伤心，为什么上岸了还不能让我好好休息一个好的晚上呢。

我有点累了，明天上午还有工作，顺利的话，下午随货船回拉罗汤加，又是一个星期漂在海上，希望还有力气给你写几句话。

×××，

你好。

今天是库克的五月四日下午一点，我忙了一上午的工作，吃了两口干脆面，躺在床上给你写两句话。

刚才啃干脆面的时候有点难过，我这段时间每天想着工作，好像完全失去了自己，只是一个生物，这样活着罢了。

这也怨我，是这样的性格，但凡先前没做过的事情，都会莫名紧张，想这想那，生怕做得不好，其实就算我这么用力，结果并不一定会好，因为我本身就是比较纠结的人，只是用了心，稍微可以过得了自己这一关，不会过分自责。

昨晚和你写完几句话，翻来覆去睡不着觉，又刷了刷手机，没想到房间里微弱的 2G 信号能刷出朋友们的消息，写稿子的，出书的，卖书的，大家都在努力，我觉得离大家还很远，我有一个月没写出正经的文章了，有点担心自己，可是你知道，担心也是徒劳的，写不出就是写不出。

我在群里说了几句话，说想念大家，我是的的确确想念，在船上漫长无聊的空白时间里，翻大家从前说过的话，想曾经有过的快乐时光。

我也想你，可是我们之间能说的话好像从前在一起的时候都说完了。现在我过着怎样的生活，于你而言过于遥远，何况我现在并没有很好，何必再徒增你的烦恼呢。但是啊，不晓得怎么回事，你就这样一直留在我的心里，我仍然想把生活里这些无关紧要的事情说给你听——用这样的方式。

后来我看时间差不多了，想着今天要起早，所以关了手机准备睡觉，可是翻来覆去怎么也睡不着，这样的情形和船上一样，明明没有力气了，就是没办法睡着。想想都绝望。掉头，侧着，躺着，蜷缩着，枕头挪来挪去，数绵羊，终于在一点前睡着了。

天蒙蒙亮，我醒过来。四月问我吃不吃面，水已经烧在那里了，我说好，刷牙时转念想还是不劳烦她做，我还有两包泡面，国内那种，虽然想留到回去的船上再吃，但想不得那么远了，我得吃点喜欢的东西才有力气干活。

四月对我很关照的，昨晚的几件衣服她清早起来帮我洗好晾在屋檐下，昨晚又拿几条鱼让我照自己的方法做，问我要什么配料，我说大豆油，她家里没有，马上让她儿子去别人家弄一瓶过来，其他其实也没什么配料，大蒜是磨碎和了盐的，只是有大蒜气味，和新鲜大蒜的味道相去甚远，另外就是盐和胡椒，没有辣椒！！！

煮了三条大眼真鲷，以及一条不认识的鱼，以为会很好吃，特意多装了一点饭，可是筷子没筷子，鱼刺又多，我拿个叉子吃得费力，何况味道还不算好，米饭呢，煮得太发，一股陈米气味。啊，我一个人坐在厨房默默吃着这些的时候觉得真是伤心啊——好像每次吃不饱的时候都要伤心，哈哈。

无论如何，今天早上的方便面我吃得很满足，连汤都喝完了。然后联系渔业局和海关的人，又让拉多送我去码头，路上担心渔船是不是能及时赶到，结果路上的人跟拉多打招呼，说看见我们的船了。

到了海边，在天际线，我看见了我们的渔船，拉多听我说要用对讲机，又折回去拿。我站在潟湖前，这才清清楚楚看清这里的海，安静的潟湖像一面巨大镜子，一直延伸到南边几个小岛，海浪拍打着礁石，溅起水雾，水雾来不及散开，远远看去，大片的椰树由白色水气托着，宛如仙境。而脚边浅水静静流淌，几条接近透明的鱼游着，再细看，原来沿水流一线逆流悬浮着数不清的这样的小鱼，那几只乱游的大概是调皮从队伍里跑了出来。他们不算怕人，我走下水，它们才慢吞吞挪远一些。这时我看见一条怕有三四十厘米长的鳡鱼，也是慢条斯理地游着，我第一次见这么大的。

拉多拿来对讲机，调在 16 频道，我喊我们的总船长，他回话了！我说我看见你们啦，哎呀，那一下真是蛮高兴的。他问我要停哪儿，我说反正往货船附近停就好，又问其他，我说和这边的官员马上搭接驳船出来，见面再说，你们过来就是的。

×××，

你好。

这会儿是库克的五月五日夜里两点半，我在下午五点半上船，睡了一觉，这会儿不晕船，和你说几句话。

今天早上在海上和我们的渔船碰面，见到老张和船上的小伙子们，忍不住有些小小的感动，似乎好久不见中国人面孔了。老张是总船长，我们第一次见，他长得一副干部模样，后来聊天才知道他也是最近到我们公司，以前在国企渔业单位，他的确有干部样子的。

船上干干净净，船具整齐摆着，过道积了点水，应当是涌上来的海水，并不脏。上驾驶舱，我真是要说一句夸奖的话，驾驶舱冷气吹着，几乎闻不出船的味道，船长穿着宽松 T 恤长裤，一身上下显得清爽，这样看着，才忽然觉察到这是我们中国人才有的勤劳干净样子。我以后逢人都要夸夸我们的渔船。

不过只是短暂间隙里我可以想这些，船上六七个外国人，要喝茶的，要上船检查的，最主要我还要帮老张和渔业局官员落实转载位置，我一张嘴有点做不赢，扯开嗓子喊，不一会儿就口干舌燥了。我觉得自己还需要更多的锻炼，往后才会从容些。

×××，

你好。

这会儿是库克的五月五日傍晚七点，我火气很大。

昨天下午从布卡出发，不过六七个小时便到了那萨，天不亮，货船就在附近海域漂流，那时天还下雨，我们睡在外面，斗篷挡不住，我的床垫和垫单都湿了。

天亮以后，雨没有停，不得不去岸上继续等，天知道他们装货要多久。我对那萨印象不算很好，挥之不去的苍蝇，很多人还是住茅草屋，像非洲似的，原本人就不舒服，看到这乱糟糟的一切更是难受。

等他们吃过饭——我只敢吃两根香蕉，因为牙医给岛上几个小孩子看牙齿，又多等了两三个小时，终于上了船，好不容易睡着。黄昏时有个老头忽然哟哟噫噫地叫起来，他是个老师，一开始我还称赞他的口音很正，可他说话实在太大声了，又喜欢标榜自己——得意于自己在新西兰受过正统教育，吵得我神经痛。

任何时候，我们都要时刻谨记羞于讨论自己。

我只好戴上耳机，听黄小桢的《大溪地》，想起你上班的地方，也是这个名字，有天周末你去加班，我也去了，你坐在小小隔间里，窗外一棵樟树晃动树叶。

有时候想，要放下你啊放下你，只有放下你才可以继续去喜欢其他人，或者独立地生活着，可是想着现在想你的次数不算多，我原谅还在继续喜欢你的自己，毕竟喜欢着你的时候是快乐的，即便是难过，也是好的。

×××，

　　你好。

　　今天是库克五月十一日的傍晚六点半，天已经黑了，我回到住处，洗了澡，给你写最后一封信。

　　我们星期一中午从帕默斯顿岛出发，在海上历经五十个小时，回到了拉罗汤加。出发那天早上吃了一盆炒饭，后来又吃了冰激凌，七忙八忙，不承想又到了上船时间，我预先吃了两粒晕船药，结果大家在祷告时，我还是忍不住吐了。上了船，赶紧躺下来，从中午挨到天黑，又不知道熬了多久，才终于睡了过去，中间因为一身酸痛，醒来过许多次，然而也比醒着舒服。第二天早上，看状态不错，和隔壁铺位的大姐说了会儿话，后来风浪变大，头再次昏昏沉沉的，没力气说话了，又躲回浴巾里。

　　似乎每天天黑那会儿尤其难受，我只好念各位列祖列宗南无观世音菩萨保佑，不停地念，好像真的得到了眷顾似的，胃里不再那么翻腾。不晓得念了多久，总算有一点睡意了，忽然又心悸，我疑心是没吃东西，加上冷风吹得厉害引发的。心悸来的时候真是左右不得法，我做了好几次深呼吸，这隐隐的绞痛却不肯散去，我觉得自己马上就要疯了。

　　这次睡去，很快就醒来了，大概想着总算最后一个晚上了，没想到这样更是折磨，睡不着，身体又不舒服，还有大段大段空白的时间不知要如何打发。第二天一大早，船上的老先生说十一点能到，我算着只有三个小时了，满怀期待，问船员，他们却说要下午四点，你知道那一刻我有多么绝望吗？每多一秒钟都是煎熬，何况又突然多了五个小时。

我真是气得想跳海，但又知道越是如此，越要止得住气。于是又躺下，蒙在浴巾里，数绵羊，我数到一千五百头的时候终于短暂地睡了一会儿。最后，在十二点半的时候大家说看见了陆地，手机也终于来了信号，时间稍微变得容易一些了，这样，又过了两个多钟头，我们在三点上岸了。渔业局的塞还特地到码头看我究竟被折磨得如何了，我站都站不稳，他问要不要送我一程，我说有朋友过来接我了。

到中土，吴师傅做了辣椒炒肉在那里，我颤抖着扒起饭吃，盼星星盼月亮，这餐饭终于还是盼到了。大家在我身后打桌球，听我说着海上的难，好像觉得很遥远似的，我也觉得无力，毕竟究竟有多苦我也形容不出来。

我开车回来，洗澡，发现脸黑了很多，肩上晒脱的皮还没完全褪去，把所有衣服放进洗衣机，加了很多洗衣粉，启动热水深度洗涤模式，得把船上难闻的味道通通洗去。

外面在下雨，院子里的朝天椒这半个月里红了一大半，空心菜长出几支新芽，老的地方开了白花。我跟董哥说了句回来了，他说明天再找我，看来明天又要开始工作了。

希望这辈子再也不要上船了。

2016年5月12日于拉罗汤加

布卡岛民居

厨房外的海

船上的住处

离开帕默斯顿岛

那萨岛

那萨岛的欢送会

帕默斯顿岛

帕默斯顿岛上的教堂

四月一家

油画般的海面

北方有孤岛

董哥派我去北边的布卡岛出差,两个岛之间没有常规航班,需要租小飞机,这样费用很高,董哥让我搭货船过去。货船从来没有准时出发过,这次也是如此,从星期四推到星期六,终于在第二周的星期二下午出发了。出发当天我用船上无线电联系上我们公司的渔船,约定一个礼拜后在布卡岛碰头。货船运输之物均为各个小岛的生活物资,如蓄水桶——岛国靠收集雨水作饮用水,木材,几十个冰箱里则是各类冷冻食物。船上做事的人六七个,有斐济人、基里巴斯人、库克本地毛利人,乘客则只有帕默斯顿岛比尔一家四口,他们家的朋友克莱格,是个新西兰人,一对母女,布卡岛的安,以及我。这些人都是后面几天认识的,因为船离开港口不到半个小时我就开始晕船了,只好躺在船舱里,从此接受长达两个星期的犹如炼狱般的折磨。

我所在的船舱靠船头,有通风口,不过风无法吹到床上,只能靠风扇,和我同舱的是个胖子水手,休息时睡在地上,他个人卫生状况不算好,可以看到脚上结成痂的邋遢,味道重,每次空气里传来这股气味,我都无力招架;隔壁舱的小伙子则喜欢喷香水,浓烈,熏得人猝不及防,为了阻挡这些,我几乎二十四小时用浴巾蒙住头,并时刻涂抹风油精。从星期二下午五点出发,到星期五凌晨才抵达帕默斯顿岛，两晚三天，就那样绝望地躺着，中间去厨房吃过一次早饭，一次中饭，后面就再也吃不下了。厨房怪味太重，而且全是肉类，我非常渴望吃一点蔬菜，幸好包里有几个苹果，我平常几乎不吃苹果，觉得太硬，而这次只差籽没吃了，啃得干干净净。想起奶奶说的人饿起来的时候连吃草都是香的。

在大家的叫喊声中，我爬上驾驶室，同大家一起站在外面过道，暗淡晨光中茫茫大海上现出几座小岛，小孩子们忙着指给我看有灯光的地方是他们所住的主岛，其他几个则无人居住。由于该岛没有港口，货船只能停在潟湖外，靠接驳船接送人员和货物出入，铝制的接驳船，看起来很现代化。自天亮以后，岛上的人忙着卸货，我由比尔的小儿子悉尼带着去他们家里休息。先是洗澡，另一个年纪稍大一些的男孩子告诉我地方，又帮我把衣服和浴巾洗好并晾在外面，这男孩子是比尔的另一个儿子，叫耐德，很懂事的样子。这时比尔的大女儿珍娜已经把食物摆在了桌子上，有鹦鹉鱼和蛋糕，炸过的鹦鹉鱼蘸椰汁吃，大概是太饿了，一口气吃一整条，这个吃法在以后几个岛都遇到过，只是我再吃不下了。珍娜不过十四岁，作为大姐，她负责家里的起居饮食，父亲比尔负责捉鱼挣钱，母亲却日日夜夜坐在房间里看电视剧。珍娜看我虚弱的样子，喊我志气公主——我的英文名字念起来像志气。吃饱以后，悉尼陪我绕岛走了一圈，地方小，十分钟能走完。

货卸了一天，到傍晚又该上船了。之前看比尔一家睡在驾驶室地上，很大的风，想必要比船舱舒服，所以这次我也睡在那里，可是哪里知道这天风浪很大，颠得我五脏六腑都要吐出来了。吐完以后，仍然找不到任何合适的姿势让自己平静下去，最后没得办法，只好狠心回到底下船舱，头痛得不知如何是好，我难受得叫了出来。不知怎样睡了过去，又不知何时醒来，反反复复，从浴巾里钻出来看通风口的光，亮了几次，暗了几次，以为已经熬到了星期日，一问，却还在星期六。这样又熬一天一夜，于星期日下午到了那萨。那萨只有孤零零的一个岛，总共七十多个居民，他们讲毛利语，英文是第二语言，所以跟小孩子打招呼几乎都只是怔怔望着。岛上到处是苍蝇，抖也抖不走，让人烦闷。安在她婶婶家吃饭，非常简陋的茅草房，地上还是沙石，一张架空平板铺一层塑料布，几个小孩子坐在上面，想必是一家人的床了。见我吃不下东西，安的婶婶敲了个椰子给我喝，这也成了接下来好几天我的唯一食物来源。那萨的货物比较少，坐立不安等待的时间不算太长，当天黄昏我们又上船了，下铺胖子做手势告诉我明天就能到，让我负担稍轻一些。

第二天下午在船上迎着熠熠日光远远看见布卡岛，这时海面平静得像一幅油画，天上两道彩虹，偶有飞鱼跃出水面滑行，一只大的海鸟盘旋，除此之外再无他物，好像走了很远，又仿佛一直停在原地。几个小时后，货船停下，再次上接驳船，布卡岛潟湖十分宽阔，不到膝盖深的水，几个人站在潟湖边缘甩钓，随船行进，角度不停变化，颇有电影里长镜头的意味。上岸后，安放置好行李，载我去她父亲家住下，她父亲是布卡岛市长，当天晚上我们便谈好了工作，看来布卡岛民众生性乐观友好这话不假。

作物方面，布卡岛和其他岛一样，仅种植芋头，其他食物依赖椰子和鱼类。因为地处偏远，做法古朴，和广东沿海一带渔民的食物烹饪方式接近，主要为油炸和水煮，不过我们吃的时候一般会配大蒜和酱油，另外煮过的清汤中加一点青菜，尽量保持食物本真味道，吃法上就更丰富，即便我是重口味的湖南人，也能习惯，而岛上就是蘸一点奶白色的椰汁，所以我只能吃一小块。另外岛上的芋头质地硬，我吃一块要费很大力气，肉类则完全无福消受。地方偏远，物资匮乏，这两天并没有过多留恋当地美景，我盼望着回主岛拉罗汤加做湖南菜。

岛上只有2G网络，手机上网基本处于瘫痪状态，仅电信局门口有热点，我在那里上过几次网，旁边一户人家的小男孩盯着我看，他会说一点英文，看过中国电影，知道轻功，他对我说赛高（源自日语，意为"最高"），我说赛高是日语呢，好几个岛民们见到我也说赛高，也许以前有日本船来这边捕过鱼？我问其他问题，他都是笑，可能没听懂，于是我继续上网，他也不走，我有些不好意思，这时他说他姐姐喊我去家里坐一会儿。我随他过去，在一个简陋茅草棚，不知哪个是她的姐姐，一个煮饭，另一个带小孩，问她们父母在家不在家，没人应我，我尴尬地站一会儿只好走了。

走的那天，拉多送了一艘独木舟给我，他说这手艺是从他父亲那里学来的，让我不要卖了，我说不会卖的，以后等有了自己的房子，摆在客厅。他听了笑一笑。安编了栀子花花环给我戴上，送给我两个圆滚滚的椰丝扫把，透明胶带缠好，上面写了我的名字。在码头，大人们坐在一起，有起头的人念祷告词，之后一齐唱歌，小孩子们在岸上追逐，有的扎进潟湖游泳。上了接驳船，大家忽然齐声大喊志气志气志气，我还以为发生了什么事，一问，才知道是在鼓气，难怪之前他们听到我名字都笑。

回程乘客较多，有两个老人家，七十多岁了，一个有心脏病，一个有肺病，去拉罗汤加看医生。头一天我心疼两位老人家要吃这么多的苦，后来发现他们能吃能喝能睡，胖的那个还能叫，说话底气十足，瘦的那个知道我在受罪，看我从浴巾里探出头，轻轻问一句还好吗，又时不时告诉我大概多久能靠岸，让我撑住。回来因为货物较少，大家都睡在甲板，味道稍微好些，而且不闷了，但也先后经历了漏雨以及比去程更久更厉害的颠簸，折磨程度相当，我觉得自己像个难民。

第二天船又停到了那萨，我原本不想下船，可是前一夜的雨打湿了床垫，这装货又不知要多久，最终还是决定上岸了。岛民们合力做了一餐丰盛的午餐给过路的乘客，而我只剥了两根香蕉。之后一个一个发言，说的毛利语，问旁边的人才知道是在谈本次旅途的体会以及感谢那萨人民的热情之类的话，等他们说完，没想到把我也推了上去，凭良心讲，岛民们倾尽全力照顾这过路的人，应当可以说出许多感激的话，然而我实在状态太差，而且心系拉罗汤加，草草说两句就收场了，我心里有愧疚感，觉得枉费了他们的好意。有个大姐对我说，我们这里日子很单调，每天见来见去都是相同的人，船来的这天是我们最高兴的时候，可以知道外面的消息，看看新面孔。听起来是很苦闷，但幸亏库克群岛居民持的新西兰护照，年轻一辈可以去新西兰或澳大利亚工作，这样想来，又为他们好过一些了。

　　三晚三天后，再次登陆帕默斯顿岛，当天是星期日，大家不工作，因此在岛上歇息一天再走。我这时已经饿得快站不稳了，下船前让厨师给我四个鸡蛋，几根胡萝卜，还装了一碗米饭，必须做点能吃的东西了。在布卡岛我们渔船的船长听我好几天不吃饭，把他最后一瓶老干妈让给了我，还给了三包泡面。他们在海上漂了三个多月，所剩物资不多，真是不知如何感激才好。吃了炒饭，洗过澡，又歇一夜，体力恢复了不少。只是第二天早上，才五点，比尔即让大儿子耐德起来给所有人做早饭，其他几个也被叫起来做祷告。我想起来自己还是小时候读书要每天起那么早，家务活几乎不干，耐德听了笑，说难怪你那么虚弱，你看我每天干活，身体比你好。几个小孩子睡一间房，女孩子和男孩子中间隔一道低墙，上面拉布帘，风吹起来看到那边，一切整整齐齐的，和男孩子这边的混乱截然不同。

　　隔天我们上船，整整五十个小时，终于回到了拉罗汤加，高的山，以及路上行驶的车辆，提醒我回到了现代社会。我回到住处，简单收拾一下，躺在平稳的床上，心里很舍不得，害怕这样的日子就要到尽头了，后来找同学说话，一直说到夜里三点钟。我在船上想过这同学好几回，大学毕业那年，我找不到合意的工作，她考上了研究生。有天在车站碰到，坐着说了会儿话。那时很羡慕她，后来我是怎样在现实的洪流中摸爬滚打，这些痛苦的回忆忘得差不多了，而那次对话的情形却一直留在心底，车站来来往往的人，在孤零零又无望的世界里，身边有个可以说话的人，想起来是很温暖的。

2016 年 5 月 14 日于拉罗汤加

彭林岛见闻

八月董哥又派我去外岛出差，这次是位置更北快接近赤道的彭林岛，我可怜兮兮地跟他说这次无论如何也不能坐船去了，他听了笑，让我留意一下机票，去彭林岛同样没有固定航班，一直订不到位，不过在出发前一天，有个人突然不去了，我马上候补了进去。

起飞前拉罗汤加正在下雨，冲出重重乌云后，很快看见日出，天上没有一丝浊气和尘埃，日光通透，只有底下的云层翻涌。小飞机飞得平稳，只是很大噪声，靠着窗户勉强睡一会儿。四十多分钟后，飞机在艾图塔基降落，接另一个乘客，降落前的几分钟，因为气压变化，感觉眼球快要爆出来，泪流不止，耳膜也十分痛。艾图塔基名声在外，潟湖宽阔平坦，基本来库克旅游的都会到这个岛上来看一看。不过我只在机场逗留几分钟，不知风景如何。

小小的机场角落有个小店，卖甜点和咖啡，和想象中不同的是，东西还算平价，买一个面包，分量很足，不过两块五纽币。临走前，买了一盒口香糖和两瓶水，十块钱。回到飞机上，没想到座位上放了一盒食物，里面有一瓶水、一个苹果，一块三明治和两包零食。三明治夹的鸡蛋生菜和一层类似午餐肉那样的东西，没想到还挺好吃的。

这一飞是三个小时，烈日灼灼，我再也无法靠着窗户睡了，换了很多个不舒服的姿势，只见飞行员用遮阳布拦在前方，看看报纸，感觉飞机并不难开。睡睡停停，还没有到，从窗户往下看，飞机飞得不算高，看见海水起起伏伏的轮廓，只是一动不动，有时看着远方的云，像极了潟湖外涌起的海浪，于是地上一片海，天上一片海，让人分不清虚实。有时飞机从两团巨大的白云之间飞过，前方豁然开朗，眼睛盯着海面，心想要是能看见我们的渔船就好了。

远远望见陆地，彭林岛到了。和谷歌地图上看到的卫星图一样，东边两溜窄的陆地，中间围了潟湖。飞机转弯，眼前一条坑坑洼洼的跑道，不少人在跑道尽头的凉亭里迎接，给下来的乘客戴上两串很大的鸡蛋花花环。飞机并不多做停留，加完油就走，这时大家在凉亭里唱歌，一是欢迎乘客的到来，二是欢送即将搭飞机去拉罗汤加的亲人朋友。这样的送别仪式在每个岛都有，除唱歌，还有牧师祈祷。

这是我第二次到外岛出差，彭林岛位于库克东北角，是最偏远的一个外岛，加之纬度很低，当天我就中暑了。看起来是很虚弱，但来库克这么久，也就病过这一次。渔业局给我安排的房子实在荒芜，坦白讲我一直非常胆小，平常和朋友一起看鬼片，大家不是被鬼片里的鬼吓到，而是被我的尖叫声吓到。我想象力比较丰富，一般看完一个鬼片，至少要一个月才能平复。像小时候看过的僵尸片，到现在依然心有余悸。

我这次到岛上出差，一是考察彭林岛的基础设施，包括码头、机场和医院等，二是向岛民介绍我们公司的发展计划。这个岛不像布卡，布卡岛的居民很开明，我四月去那里，跟他们市长谈了谈，人家就同意我们在他们的潟湖外转载，而彭林岛排外，之前有人想在这投资设立高级酒店，莫名其妙就被否决了，所以我们公司也是小心翼翼，一切坦白，一切事先沟通，态度非常诚恳。

彭林岛面积也不大，但是个环礁岛，中间围了巨大的深水潟湖。两个村子隔水相望，岛上最繁荣的时候有七百多人，目前只剩下两百人不到。和其他外岛一样，年轻人都去新西兰、澳大利亚做事了，岛上生活之贫瘠，除非从小在那里长大，否则一般人要长久待下去的确不容易的。

说起贫瘠，拿现在人最关心的网络来说，岛上无3G信号，手机上网基本无望，而wifi热点只有一两处，费用贵，限制流量，而且慢，想看视频需要很大的耐心。再拿我最关心的吃的来说，岛上没有超市，有几家开的小店，卖的主要是罐头和冰冻鸡肉和羊肉，零食方面更是匮乏。最主要岛上没有蔬菜！渔业局招待所那边倒是有一片南瓜地，但品种和家里吃的不一样，而且我压根不敢回去那里。

当然岛上鱼多、蟹多，比如几斤重的椰子蟹岛民轻松就能抓到，但无奈我不会抓，而那些容易抓的，我又分不清哪些有毒哪些没毒。总之，对我这种毫无野外生存技能且习惯享受现代生活便利的人来说，在外岛生存真是太难太难了。

考察小岛基础设施不是什么复杂的工作，骑摩托出去多转几次，逢人聊一聊，码头一带量一量、测一测，很容易就摸清楚了，但向当地人说明我的来意就不是那么回事了。在第一个村子还好，我说完以后没什么人反对，提了几个不痛不痒的问题，勉强应付了过来。到第二个村子，有几个跳起来说不欢迎渔业公司来，场面一度十分尴尬，要用英文进行这种关系到政治层面、生态环境等方面的辩论型交流，我是第一次。其中一个提了些稀奇古怪的问题，我 Pardon 了两次，她把腿瘫在前面一张椅子上，坐没坐相，欺负我英文不够好，还对我翻白眼，紧张得我想当场跑掉；另一个老头呢，英文可能也不太好，我无论解释什么，对方都把头摇成我不要听我不要听的拨浪鼓形状，那三十分钟感觉有一个世纪那么长，最后还是渔业局的马图拉帮我解的围。

我感到十分沮丧，做着这种超过自己能力范围的事情。后来就找马图拉聊天，马图拉安慰我，说你不要灰心，几十个人在那里，反对的不就三个？又说起那个女的，家里开小卖部，她担心我们运输船来了影响她做生意，另外两个就是政治层面的考量吧。

看大体形势不算太坏，跟董哥大概讲了讲，没过几天，公司就派了在附近作业的一条船过来，我因此与当地海关、农业部、卫生部、港务局等相关部门（麻雀虽小，五脏俱全）沟通好，渔船进出关的流程走了一遍，心里就有数了。

2017 年 2 月 24 日于拉罗汤加

去彭林

渔业局的马图拉在机场接到我，说房子已打扫好了，地方不远，骑摩托车十分钟的样子。一路椰树林立，零散几座房子，少有人住。下了摩托，他领我上楼。三栋架空的棕色木头房子，我住中间最靠里一栋。房子是渔业局的办公室及招待所，不过似乎只有马图拉一个员工，一年到头又难得有人到这出差，空荡荡的房子便显得十分冷清。

房里一盏吊扇转着，吹来滚烫的热气，哪里待得住人，马图拉见我汗流不止，于是搬一张矮的单人床到客厅窗户下，风一吹，顿时凉快不少。他说岛上没猪肉，从家里拿了些火腿肠、鸡肉和油盐米过来，让我先吃着。冰箱只有急冻，我带的蔬菜不能放，天这么热，恐怕没几天会坏掉，但也没什么办法。我来时，担心行李超重，只带了一瓶酒送他，现在看他这么热心，心里过意不去，把几样零食和飞机上发的饮料给了他小孩。

简单收拾下，做了饭吃，觉得疲惫，躺在床上休息。窗户没搭扣，风一吹就关上了，只好一而再再而三反手推开。这一觉睡得难受，醒来头有千斤重，这时听见几个年轻人的声音，原来是送摩托车过来，他们走后，天也渐渐暗下来。我到附近转一转，见楼下一片南瓜地，不禁打起如意算盘，过几天实在没蔬菜吃，嫩的南瓜藤掐来炒一炒也是顶好的蔬菜。

入夜后，拿了衣服去房子尽头的浴室洗澡，走廊两边房间的门虚掩着，浴室窗户只有一张薄布，不时有风吹起。打开水龙头，水落在塑料的浴池闷头闷脑响，这声音恐怕要惊起房间里沉睡已久的骷髅人，这样一想，吓得全身的汗毛都竖起来，心尖一阵冰凉。我转过身，拉开布帘，什么也没有，试图镇定下来，然而对着镜子洗衣服时心里还是十分不安，生怕一抬头就看见镜子里有人站在背后，于是把衣服洗得飞快，逃一般地回到客厅待着。

可能是天热中暑，背气背得厉害。没有带药，又没办法给自己刮痧，只好打打火罐。以前在家奶奶用量米的升子，放张纸进去烧一烧，然后扣在肚脐上，扣得很稳，而我只找到一个喝水的玻璃杯，卫生纸撕多了烫手，少了扣不稳，试了好多次才终于结结实实地吸住。

岛上没3G信号，和表姐说几句话，要等很久。记得小时候我们都很胆小，听大人讲鬼故事要捂着耳朵才敢听下去，如今她们在城市，到处灯火通明，再也不用担心这些，而我兜兜转转又回到了害怕的起点。望着吊得很高的尖的屋顶，灯光幽暗，把出国前从西华舅舅那里求的护身符紧紧捂在胸口，这一夜简直不知道是如何熬过去的了。

第二天清早骑摩托车出去探路，沿途到处是螃蟹打的洞，摩托还没到跟前，它们早已举着钳子飞快退回洞里，像打地鼠似的。骑一小会儿，房子渐渐多起来，大概是到了小岛中心。这时有人朝我打招呼，原来是坐同一趟飞机过来的妇女主任瓦林和她的下属达波图，她们问我昨晚睡得如何，我说太热了，一个人住那么大的房子很孤单。她们便问要不你过来住？她们的房子与潟湖只隔了一条路，大风呼呼穿堂而过，很凉快，而且冰箱有冷藏室。我顾不得客气，马上回去收拾东西搬了过来。

　　除了害怕，其实还想找人帮忙刮痧。我试着和她们解释，准备一点冷水，做样子给她们看如何刮，无奈她们两个都夹不起我背上的肉，我想实在夹不起，那掐也成，只是掐起来太痛了。见我背上发紫，她们担心地问你不会告我们虐待你吧？我笑着摇摇头，说不会的，那时正好奥运会，菲尔普斯的背上也满是火罐印，我讲大概原理是一样的，你们只管掐。这样掐了好一会儿，终于打起嗝来，一股两股的气涌上来，总算顺了一些，结果夜里睡觉，吹一夜的风，早上起来又感冒了。喝了一上午的热水，并不见好，病恹恹的无心工作，只好去医院看看。医院没有医生，只有两个护士，护士见我不咳嗽，喉咙也不痛，说喝多点热水就会好，我说喝了的，但不会好，以前感冒，如果不吃药，只会越来越严重，是我体质太弱，于是护士给了两排止痛药和消炎药。问多少钱，她们说不要，我只好多说几次谢谢。回来吃药，换了背风的床上躺一会儿，终于觉得有些好转了。

　　白天我没什么事一般就在房里待着。带的两本书，经常翻一翻，又或者看硬盘里的电影打发时间，黄昏时太阳小了再出去走。机场那边过来的路都已熟悉，于是往前面去，没走多远，眼前一栋海边的房子挡住去路，两个妈妈带了小孩子坐在那儿，我原本想打个招呼便走，她们却说前面已经没路了，其中一个又把椅子挪到我面前，拍一拍，让我坐下。她叫新地，孩子一岁半，长得壮实，走路稳，只是还不会说话，他很调皮，我们大人说话，他把手里的糖甩在我脸上，新地说他，我弯腰下去，问："你不是故意的，只是想和我问候对不对？来，我们握握手。"他也不退缩，憨憨望着我笑。

这时新地的父亲回来了，挺着大肚子，是教会的牧师。他看我在，请我到屋前坐，那里对着潟湖，风大，很凉快。真是一座好看的房子，面前一小块沙滩，修了很小的码头，方便接驳船出入，现在有三艘翻过来扣在岸上，房子围着沙滩，一道长的弧形走廊，上下两层，白墙绿窗，暗淡发黑的海面上空一片亮的晚霞。

这小小院子让我想起舅爷家，他家屋后也是围了一块地，并不封顶，一边搭棚，可以烧火做饭。大多数乡下人家都有这样两套厨房，屋子里的按照城市里的格局装修好，烧煤气或煤，但老人家不太舍得烧这些，因此在屋外另修一个烧柴禾。这院子里还打了井，打开后门，外面大片农田，再远是唐市大街密密的红砖房子，车子来来往往，那样遥远地热闹着。离开湖南一年有多，如今置身这南纬九度茫茫太平洋中央一粒沙子般大小的陆地上想起这幅场景，听着潮水的声音，冥冥中仿佛回到了故乡。

牧师家兄弟三个，他们的父亲都是牧师，现在他们的小孩子也在学相关专业，这个工作并不能挣多少钱，但是得人尊敬。一年固定三千八纽币底薪，其余每个月靠教友捐助，像在彭林，每个月有一千块，但如果在拉罗汤加，一个月则可以拿到三四千，这个收入并不算特别高，不过牧师几乎也不用花钱，吃喝住行教会都管，只是自己掏些烟钱罢了。像马图拉在渔业局做事，时薪十块不到，一个月七八百而已，他老婆在银行兼职，一个礼拜上班三天，一个月下来，也就挣一点生活费。不过好在岛上花费并不高，小孩子也不要交学费，生活压力不算很大。

感冒持续了一个星期，这期间摸清了小岛大概情况，和当地居民开过几次会，事情做得差不多了，却还要等一个星期才有飞机回去。岛上待着本就无聊，看看冰箱，红萝卜只剩一根，梅干菜最多能做四餐，正发愁，看见拉罗汤加来的巡逻船停在码头，听人说阿妮卡在船上，我二话不说爬上去，问可不可以见阿妮卡，对方问我是什么人，我讲是她朋友，这人挺好，转过身就在广播里喊她名字。

阿妮卡从船舱爬上来，看见她很高兴，抱了抱她。她带我去饭堂，到处干干净净的，她泡一杯茶给我喝，我说茶真好喝。她问岛上没茶喝？我讲有的，但和坐在这里喝不一样，这里有冷气呢，你不知道我每天头发是油的，看见我皱纹了吗，这么深，牙齿也没从前白，你看这张脸，晒得又黑又糙。她听我卖力地倒苦水，笑得直拍桌子。

我讲真的，洗澡室没蓬头，用瓢舀水洗，又不敢用太多，白天风大日烈，一天之中没几个时候是觉得身上干净的。她听着笑，起身端来几片油炸面包，我一吃，吃出来鸡蛋的味道，好像从来没觉得鸡蛋这么香过，三片都吃完了。后来要走时，阿妮卡小声说，晚点上岸给你拿一颗包菜。

等了一天，阿妮卡没有过来，后来碰到，她说船上的蔬菜也不太够，不好意思拿。我说不要紧的，再过三四天我也该回去了。就在山穷水尽的时候，我们的渔船来了小岛，安排加了几车淡水。船长请我在船上吃中饭，有牛百叶、豆腐，都是我喜欢且很久没能吃到的好菜，这一餐便吃得很饱。走前，船长还给了三包老坛酸菜、几包笋干，真是意外的惊喜。

走前一个晚上，在对面小卖部闲聊，老板娘又问我怎么不在渔业局的房子里住，我说那里太偏僻了，白天都难得见一个人。她问难道没看见什么？我感到不可思议，莫非有人看见过什么？她便说以前有人在那里住看到一个红衣女人带了小孩子站在窗户外面。她这一说，想起第一夜的情形，我吓得不轻，皱着眉头问，是开玩笑的吧？她明知我害怕，还笑着说不是，很多人都见过！

这下可好，瓦林去朋友家喝酒了，小卖部九点多钟要关门，去找达波图，她还在辅导岛上的年轻人如何用电脑算账。我陪了她们坐到十点多，她说她也要去瓦林那里喝酒，我只好鼓起胆子走回住处，四下一片寂静，只有夏威夷来的游艇在黑暗无边的潟湖里慢吞吞闪着光。

2017 年 2 月 17 日于拉罗汤加

宠物鲨鱼

岛民在树下聊天

岛上的路

热情的岛民向我们告别

牧师的家

去外岛的小飞机

我拍的彭林岛照片上了当地的报纸头条

苏瓦月古

来库克上班是在斐济转的飞机，听说那里中国人多，吃的也很丰富，但一直没机会去。后来去萨摩亚出差，有天在码头顶了明晃晃的太阳看人卸鱼，董哥说公司要在斐济买一批鱼，让我去那里看看渔获质量。于是匆忙订好机票，半夜去了机场。

天亮时下的飞机，一出舱门，见到绵延大山，太阳要从那边升上来，云是暗淡粉红色的。机场成百上千的鸟，机翼上，两架飞机之间空荡处，叽叽喳喳，站得挤密，不知为何由着它们在这里。出安检，换斐济币，买了两瓶酒，又在出口处买了电话卡，广告上有专门中文页面，电信的小哥小妹帮忙设置手机，看样子对中文系统很熟悉。出大门，到处立了隔板在做建设，场面显得混乱，问到搭车去苏瓦的地方，不多久大巴来了，四个多小时的车程，因一夜未睡，这时无论如何支撑不住，便睡了过去。

醒来还有一半路程。山间植被郁郁葱葱，藤蔓挂满枝头，无处不在的火焰木，稍稍遗憾是过了盛花期，欠了气势，但还是美的。大巴开在沿海公路，转一道弯，眼前层层叠叠的山，迎着日光，弥漫在无边水气之中，真是一块美丽的大陆啊，心里不禁感慨。下午睡了长长一觉，起来去吃晚饭，店里大多是亚洲人，对面桌三个日本人，喝酒说话，其中一个瘦瘦小小，样子像宋老师。窗户是开着的，天渐渐暗下来，忽然一阵凉风吹来，一个人慢慢吃，吃得很饱。

听人讲苏瓦治安不好，街上有人专门抢劫中国人，夜里想要出去散散步的念头只好作罢。第二天早上渔业公司派人接我到码头，一再嘱咐到船上只管做我的事情，一切卸鱼工作由他们安排，免得引起误会。到船旁边，鱼已经卸了一会儿，没有吊机，几个人从鱼舱拖出鱼，又经鱼槽推进货车。船长站在旁边看着，埋怨工人来得太少。我跳上船，从包里拿出温度计，才想起没有电钻，问船上，大家并不热心，船长说事情归大副管，他不清楚。他瞄我一眼，问你来买鱼的吧？我点头。他说几个鱼舱都是打的超低温，质量肯定没问题，我说那是那是，看鱼鳍各处砍得挺整齐，你们船做事细致。我找到大副，说借电钻，他答应得好，结果很久不来。这时甲板还有几个人没做事，其中一个头发卷的，听他说话，以为韩国人，搭腔才知道他是四川人，是船上渔捞长，他倒十分热情，听说我要电钻，跑回船舱拿一个过来。正要牵插线板，岸上送来一把激光枪，这可省不少事，枪朝鱼嘴往深处打，一打温度就出来了。因为每个鱼舱里的鱼都要抽样，脑子里几个舱名闪过，却分不清其中区别，苦恼当时在自己船上不用心，而这会儿董哥也不在旁，心里发怵，只好试试渔捞长的语气，他见我似乎听不明白，问我要了纸笔，将几个舱的布置一一画了出来。

临近中午，装完这车船上要吃饭，我于是坐货车到装柜的地方。货车与货柜间两三人宽，顶上覆遮阳布，角落摆着一盆水，码鱼工人进柜前水靴伸进去探一探，中间铁架摆称，工人一边站一个，接货车上卸下来的鱼，摆好，报数，外围一个接，递进货柜，整个过程一气呵成，五六吨渔获半点钟的工夫就装好了。工人们关上柜门去吃饭，我在附近打一个盒饭，吃完，坐在阴凉处休息，工人们陆陆续续回来，纸板铺地上，躺上去眯一眯。到两点钟，货车装鱼过来，见卷头发的渔捞长下车，我问你怎么来啦？他手里拿着钥匙，原是来跟鱼，怕半路有人手脚不干净。

我做完事情，过去和他打招呼。隐隐约约觉得他长得像舅爷家的劲松叔叔。有一回劲松叔叔到洞庭水库看他的姑姑，他在大坝防洪提上走，我在下方，家里难得有年轻客人来，这印象便一直留在那里。到很多年后再见劲松叔叔，他已是三个孩子的爸爸，少年仿佛一夜之间变成大人。我有点恍惚，问渔捞长名字，他说贾史月古。我一怔，什么？贾史月古。那你是不是少数民族？他说是啊，黎族。我又不解，黎族不在海南？可明明上午还听你说是四川人。对嘛，黎族，四川大凉山。我这才恍然大悟，是彝族？他说嗯。我问你怎么出来跑远洋了？

他于是讲了讲家里的事情。月古小时候，爸爸是货车司机，他们家是村里最早买电视机的，但有次车翻下山，爸爸走了，不久母亲也生病走了。他有两个姐姐，大姐十八岁嫁的人，但直到月古小学毕业才住去丈夫家，怕他跟过去受气。到十五岁，月古出来，建筑工地做过几年，后来听说跑船赚钱，经中介在台湾船跑了几年远洋。有五六年吧，后来该结婚，回家待了三年，现在老婆在家里带孩子，两个男孩。

这时鱼装完，听见有人喊："月古，走了。"他得跟货车回去了，我留了他联系方式，等得无聊时问问他码头那边卸得如何，这样一来二去，等待的时间也不再遥遥无期。这天装鱼装到夜里十一点，还剩一点第二天装，得了他的照应，事情才更好安排。中午渔业公司请我吃饭，到夜里，我想请月古吃餐饭，一问，他说和船上的人在一起。我说要不等你吃完，更晚一些去吃夜宵？他说你不要浪费钱。到八九点钟，他发来消息，说和朋友在新歌兰唱歌，问我去不去。我问，新歌兰是什么地方？他说就是船员们经常喝酒唱歌的地方。我一头雾水，问酒店的人，没想到他们竟听明白了，路不远，其中一个送我走过去。我看店门口有卖小吃的，想要买给他，他却笑着说不要，转身回酒店值班去了。我抬头看招牌上写的是 Signal，心想他们这个名字翻译得好。

酒吧一片嘈杂，喝了酒的男人左右抱着女人唱歌。月古坐在大堂沙发，旁边一位大姐，见我去了，忙倒酒给我喝。月古问，你会不会？我说不怎么会，于是他伸手去挡，说不会就不要喝，又起身买了瓶冰红茶过来。我凑过去他耳边，小声问，这大姐不是小姐吧？他嗑瓜子，笑着说："不是，是我老乡，过来一起喝喝酒。"我问你不找小姐？他说不找，拿出手机给我们看他老婆给他缝的彝族衣服。大姐说："那衣服都土得要命，就你们还穿。"月古脾气挺好，说他觉得好看。我感到很开心似的，陪他们喝了几杯，斐济的啤酒好像比其他地方更淡，他们把我送回住处，没有吐。

第二天我在苏瓦街头转了一圈，到码头，月古他们这天装饵料，之后去锚地飘着，很快要出港生产了。到夜里，我站在阳台，望着空荡的街头，夜风吹过来，我想月古这会儿在做什么呢？心里忽然有一点牵挂，感到很难得似的。发消息问他得不得空吃点东西，他说和同事在一起喝酒。我想既然凑不了这个热闹，就去见面说声再见吧。在新歌兰楼下，前一晚我见他在店里买过烟，是中国人开的，我于是也进去买两包，等他过来，把烟塞到他手里，我说你去喝酒吧，我明天该回去了。这一回他没有过多推辞，接了烟，帮忙拦车，说以后让我去四川看他。我说好呀，你在船上好好照顾自己。

2016年10月10日于阿皮亚

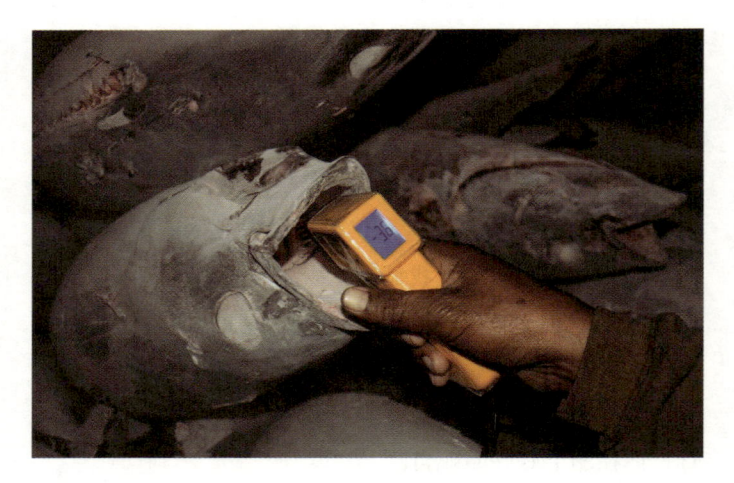

给金枪鱼测温

苏瓦码头

去艾图塔基

艾图塔基去过三回，但第一回只是在那里转机去更北的彭林岛出差。飞机在一旁加油，我去小店买了面包和水，看远处青青草地上一层雾气，一只红色风向袋兜风横在空中，有人骑摩托车正往前去，白色路面，并不宽敞，和机场青草之间隔着长长的栅栏，笔直去往更远地方。大概只有半点钟的样子，就上飞机走了。

第二回去是和董哥一起陪政府团，那天星期日，无法安排公务行程，于是上船在潟湖兜了一大圈。船到一处，停下来，供人下水浮潜。Ben 问我去不去，平常工作，我很少有闲心去玩什么，但想着就要回国，又仗着一切有董哥在，于是戴护目镜、呼吸管，穿上脚蹼跟他下水了。

我虽不会游泳，但原先在拉罗汤加浮潜过几次，感觉只要放轻松，并不会出什么状况。很快我从船尾游到船头，这时护目镜里进水，想站起来将水倒去，结果水比想象中的要深，无论如何站不起来，这样一慌张，就开始呛水。我大喊救命，幸亏 Ben 在旁边，只呛了两三口水，他就把我扶了起来。他看我张皇失措好像很享受的样子，笑着问我还行不行？说前面还有砗磲看呢。我心想都游到这里了，咬咬牙去吧。这样他借一只手臂给我，往前又游一阵，在一堆石头附近看见了那只巨大的贝。看完，该往回游了，在这样不知深浅的地方总是担心的呀。回程游得比较顺利，憨厚可爱的大鱼并不怕人，迎头游过来，到人眼前，才倏地避过去。

后来船把大家带到一座沙岛之上，原本这地方一棵树也没有，现在有人种了椰子，抽出来两三片矮的叶子，长得都还不成气候。船在这个地方不等人，直接开去另一个岛，而两岛之间是齐膝盖深的潟湖，大概有一里路那么长。三三两两的人结对朝前走，后来当我坐在回去的游船上，看见小小的人在宽阔潟湖上，天上乌云压顶，仿佛小时候动画片里唐僧带着他的几个徒弟走在西天取经的路上的情形。

吃完饭，船上留了时间给大家继续浮潜。也是说附近有砗磲看，然而往外只要游两三米，底下就是几层楼高的水，那样幽幽暗暗。Ben 知道我水性不好，伸出手臂带着我游过去，然后我浮在上层，Ben 则奋力往下游去，水下一个人工搭的架子，上面摆珊瑚石，不少小鱼在此栖息，只见他一手攀着架子，人倒挂在水底。正感叹他的好水性，呼吸管里忽然进水，我又开始慌了，这回呛得比上次要更久，真是无助啊，终于还是 Ben 过来一把将我的头从水里提了出来。我那么用力地拽着他，觉得很消耗他的力气，请他送我回岸边，便不再游。

这时更远的水面有人在伸手求救，几个人看见了，赶忙游过去，呛水的正是董哥，他水性也不好，一开始他还寄希望于自己调整，直到发现根本无力改变什么，才真正招手求救，这样等到人过去，他已经不知呛了多少水。到岸上，只见他脸色苍白，好一会儿都站不起来。我很明白那样绝望心情的。

　　夜里吃完饭，领导们还要喝酒，董哥知道我不会，见我躺在床上看手机，也不多说什么，自己过去陪他们喝，夜里喝到什么时候呢，我不知道，醒来时天快亮了，看他没盖东西，帮他把床上薄的一张床单盖了上去。

　　第三回去，也是陪政府团，这趟董哥没来，我帮他们做翻译。农业部几个官员我都熟悉，岛上情况也都算了解，虽然是第一次做交传，整体还是比较顺利地翻了下来。政府团中有位是我师叔，他说你学水产的，英文说得不错啊。我就笑，说是占了本科时候的便宜。在那微小片刻里，我感到一点作为英语专业毕业生的骄傲。以前读书不刻苦，毕业后甚至不能靠英语找一份比较好的工作，但在库克这两年，原本很多感到畏惧的事情，现在都觉得比较平常了。想起过去在大学课堂，老师说做口译多么难，要如何训练做笔记，对我来说是遥不可及的事情，但这两年靠野路子竟然也摸到了一点门道，是有点成为了过去想象中有点厉害的人了吧，觉得还挺开心。

2017 年 8 月 6 日于拉罗汤加

艾图塔基的海

游船

渔船进港

快五点钟了,天没有一点要亮的意思。我起来穿好衣服,把报关材料再检查一道。这时收到董哥消息,说今天报关要有什么状况,打这个号码。号码是国内的,他最近在国内休假。我说你放心,应该没什么事情。他问:"这么早就起来了吗?"我说再看看资料。他说:"好,真尽职,记得不要交离境税。"我回:"不会的,只要交一个清关税。"然后看他没什么例外要交代的事情,我想,这两年应当是有一点长进,他所担心的我如今勉强都能想到了。

然而还是忧心的。渔船进港感觉就像一个玄学问题,你永远不知道海关会在哪一个地方为难你,也根本预料不到船上机器是不是会出什么状况,又或是人员方面的事。最坏的打算恐怕是出了我解决不了的事情,要从其他基地派人来,如果是董哥,我还没什么,要来一个不熟悉的同事,那种日夜在一起被人介入生活的突兀感,简直不知如何是好了。

可害怕有什么用呢?该发生的还是会发生,再忙再累,九月回国了,咬牙也能熬过去。我试着让自己不要那么紧张。看天还早,想今天真要忙起来,极有可能中午吃饭的时间也没有,于是煮饭,炒几样菜。切得大块的培根在平底锅里滋滋冒油,一筷子的味噌在碗里加水打散,淋上培根，大火收汁，一样菜就做好了。我以前不知味噌是什么，后来鼓起勇气买了一袋，一吃，才知是有一点酒味的黄豆酱。黄豆是我最喜欢的东西——豆腐、香干、腐竹、豆皮，等等，样样都爱，而酒味用来盖肉类的膻味最好不过，用味噌炒出来的菜，那细细一层，像姜丝炒出来的猪肝，粉粉的，十分下饭。冰箱里还有前天在农场超市买的本地包菜，外面几层叶子是绿的，我喜欢这个包菜多过普通超市卖的新西兰白包菜，炒起来好看，包菜味也更足一些。

外面渐渐有一点天光，提刀去外面砍了一大串香蕉，我觉得香蕉很不容易，不过一枝巨大的草本，却要吊着这三四十斤重（估摸）的香蕉，有的经不住吊，连根拔起倒掉的也有。连着香蕉的那根柱子看上去粗大，一刀下去是很深的口子，再来几下，一长串香蕉就掉了下来。迸溅出来的白色汁液粘在衣服上，很快凝结成黑色。门口杨桃最近正好结得盛，摘了三四大袋，还是疑心三艘船不经分，又搬来凳子在木瓜树上摘了几个木瓜凑数。这时东边天上一片粉红，薄纱似的云浮在空中，仿佛清晨池塘上冒着的水汽。而覆了露水的草地上一串清晰脚印。

进屋，换件衣服，穿上鞋袜，将ID别在左边胸口，背上书包，吁长长一口气，开车出门了。机场尽头的沿海公路，浩瀚海面也是一片迷蒙水汽，潟湖边上一条长的白线，是缓缓打上岩石的浪，只是隔得那么远，仿佛一张沉默的画了。

到码头，上港务局二层，正前方天际线上两点黑色，想必是我们船了。船长昨天夜里打来卫星电话，说夜里十多点就会飘在外面。等一会儿，港务局的人来上班，我进他们办公室，用对讲机和船上通话，请他们等到码头的消息再进来。到八点半，Ras说一切妥当，船可以进来了，并将他手上的对讲机交给我，请我嘱咐船长，正对港口的陆地上一前一后竖了两个橘色三角木架，沿着两个三角架形成的直线对直开进港就没问题，而引航船已在港内待命，只等船进来，帮忙推着船尾掉头靠码头位了。

船陆续进港，我打电话给海关、农业部、卫生部，请他们过来清关。这回海关来的既不是玛丽安，也不是玛丽亚——谢天谢地，这两个姑奶奶回回都为难我，而是一个老头，一开始也很严肃，我把填好的入境卡交给他，他说："难道你帮他们签字的吗？"我心一沉，每回船来都是这么操作的，难道规矩又变了？但仍然赔笑脸，说谢谢您的温馨提示，下次不会这样了。然后问我是不是今天就出关，我讲是，他说那入境卡离境卡不需要了——呵呵，递过来一张进关报告一张出关报告要我填，而这些我事先都填好了，交给他，他望着我，一副你这小伙子不错啊的表情。然后他护照也不收，直接就写清关单，但在注册号码上纠结了一会儿，我说要不晚些查到再写邮件给您？他想了下竟然同意了。但是呢，当请他在出关船员名单和货物清单上盖章时，他又不肯，说海关从不盖这个。我又蒙了，明明每年都是这么盖的！我左磨右磨，可能是得苍天眷顾，让他发善心，最后还是盖了。

海关这边没出幺蛾子，一向平安无事的农业部却非得把船上两盆植物搬走。我说，大哥嗳，船长在海上多么寂寞，一盆植物养这么久是有感情的啊，怎么要收呢？他说就是得收。我说"但是"，后面那句"去年来好像也没收"还没说出口，就被他堵了回来，说没有"但是"。我无奈望着船长，船长手一挥，且让他们收吧，不找别的麻烦就好。过后，船长可怜巴巴对我说这盆兰花陪他进过大大小小那么多港口，没想到栽到了库克这小小的地方。我只好宽慰他，让这兰花在库克生根发芽也不算坏。

各人检查完，问我要鱼，一共七个，我请船上拿了七条马鲛给他们。库克总的来说还算好的，毕竟中国船来得少，又受新西兰影响，官员们还算廉政。这时渔业局已经上船开始检查了，AJ站在岸上，Helen在拍照，我过去跟他们打招呼，AJ一见到我，吓唬说："你怎么给那些人鱼，是贿赂哦。"我嘿嘿笑，说他们要，有啥办法，等下我也请船上给你拿几条。AJ说不要，我说是心甘情愿给你的啦。

站一会儿，船上几个人问我是不是帮他们买点水果，他们给我钱。我讲给大家准备了一些，不要钱。几个人将水果搬上各自的船，又来几个问是不是可以带他们去买牙膏零食之类。我问AJ检查需要我在场帮忙翻译吗？AJ说没什么事，你带他们去吧。本来打算三艘船各带一个，中间那个船长说还没发钱呢，不去了。于是另一条船又跑来一个小伙子，说正好，我们有美金，我们去。年纪大的船长买一点菜，几箱啤酒，打算送人的奶粉，就不再买了。两个年轻小伙子，零食、水果买一大堆，还请我带他们去买伏特加。

船长留我在船上吃饭,我坐在驾驶舱,再也没力气多说一句话。船长、大副抽着烟,闲聊几句。厨师切生鱼片,炒了螃蟹、龙虾,大家看我喜欢吃螃蟹,便都不动筷子,一盘的螃蟹由我吃完了。

很快到了两点钟,船该出港了。我下船,船长指挥大家解缆绳,将船开出港。另外两艘船的印尼船员跑去买东西,幸好等得不久就都回来了。我站在码头,看见中土的翻译小鹿在铁丝网外朝我挥手。我昨天告诉她今天船来,可以来码头看一看。在这样一个小小岛上,能来几艘中国船也算得上稀奇的事情。她过来,递给我一瓶水。趁船还没走,请她帮我拍了几张照片,以前船来,忙得晕头转向,没有一点这样闲心的,这次实在是太顺利了,心里很感激。

海关的老头过来检查船是不是准时出港,他说你上午的鱼我没拿到。我说没事,再给您一条。担心其他人看见,又送到他家里。后面给 Ras 也送了,AJ 呢不接电话,只好把剩下的都放在中土。弄完所有的事情,还有一份文件要去邮寄。和小鹿在车上说着话,忽然车子冒烟了。我想不是吧,上个星期才保养过的啊。我跟小鹿说,你不知道,昨天晚上我起身,一脚踢破了桌子底下装蚊香的碗,总觉得是个不好预兆似的,所以早上四点就担心得醒来了。小鹿一听,止住我,"你不要把这些事情联系在一起,好像越想就越是那么回事。"的确不要这样胡思乱想的,但我是这样的性格,很需要另一个不是这样的人来"纠正"我。把车停在原处,打电话给修车行。小鹿喊了小党哥接我们回去。我进屋,洗脸,倒在床上重重睡了过去。

          2017 年 7 月 27 日于拉罗汤加

在小岛吃什么

姑姑总是疼我的，她和姑父在塘厦做生意，手头宽裕一些，就常喊我去那儿玩。不过我已经二十七岁了，并不想去哪里玩，姑姑却不这样想，让姑父守店面，带着我大街小巷里转，一定要给我买身衣服。她说你就要出去做事了，要穿得体面，这样别人才看得来。我听她的话，随她走，可是塘厦实在没什么好看的衣服，最后兜兜转转回到小店旁边的一家衣服店，装修还挺豪华，起的英文名字，叫BOSS，店里的小妹一个个嘴巴甜得要命，人去了，左一句老板，右一句老板，听得我很不好意思，毕竟我脚上穿的是一双破破烂烂的凉鞋。姑姑跟她们很熟，说美女们嗳，莫搞这些，这是我侄伢子，就要去上班了，你们看有什么衣服适合他穿的？小妹上下打量我一番，拿来一件衬衣，一条西裤，让我去换，换好出来，往镜子里一看，活脱脱一个乡村教师，我苦笑着换回来，最后一件衣服没有买，倒是姑父见我们在店里，过来看热闹，买了几件。小妹们喜欢姑父这样的老板，五六百一件的T恤轻轻松松就买了下来。

穿的方面姑姑拿我没辙，就想办法让我多吃点好的。附近的石锅鱼，商场里的湘菜馆，以及河那边夜宵大排档的海鲜粥，都拉着我去吃一道。这下逛也逛了，吃也吃了，姑姑生怕我坐不住，要我去电影院看电影。但其实我还算坐得住的，那会儿卖绿豆沙的送来一个冰箱，冰箱不要钱，只是得从他那里进货。这样，除绿豆沙外，姑姑还进了几样常见的冷饮，整齐地码在冰箱里，小店因此就多了一项副业。我挺喜欢这个副业，坐在冰箱旁看匆匆来往的人，有的停下来买瓶水或果汁，我帮忙收钱找找零，有时突然嘴馋，就起身到大厦后面的巷子口买几串烤面筋，我很喜欢吃这个东西。

住几日，终于还是要走了，最后一餐饭姑姑在住处做。一样基围虾，一样白辣椒炒鸡杂，一样土豆丝。说起来上回吃姑姑做的菜还是什么时候？在广东做事的这些年，多数是姑姑到我家里吃饭，她一来，不是西瓜就是李子，龙眼、荔枝这些更是不在话下。这回再吃姑姑做的菜，才恍然意识到她也是平常宁乡人的手艺，应当也是从奶奶那里学来的，连常做白灼的基围虾都放了辣椒炒，油焦火辣的。她结婚那年，我八岁，去姑父家做客怯生生的，饭桌上吃过的菜是什么味道早已模糊，然而姑姑煮的饭记得分明，米粒白且长，有一点糯，说是优质稻，我才知道原来米饭竟然可以这样好吃，恨不得马上跑回家让奶奶来年春天一定也种优质稻。吃过饭，姑姑把我阳台上的衣服收回来，折好放进书包，见她还要放一包干萝卜皮和一包干豆角，我不肯，她说，带着，不是去一日两日，是两年，要是哪日想吃屋里的菜了呢？

没出过国的我，对外面的生活可谓一片茫然。以前看羊角去英国读书，她在网上看帖子，加留学生的QQ群，我很羡慕，感觉她的新生活就要开始了，有一种期待和向往的心情。到我出国，地方在南太平洋一个从没听说过的小岛，期待之余，更多的是畏撒。网上信息有限，只好问在那里独自工作了两年的董哥，要不要带转接头、气候如何。他说你把问题总结到一张纸上发过来，我得空一一答复。看来这位上司不喜欢闲聊，我于是问最后一个问题，有没有辣椒？他说有。我稍微放心了些。怕海关查，东西不敢乱买，最后出发时箱子里吃的就姑姑给的几包干菜，自己买的几盒月饼和两大袋鱼尾巴，月饼是想做礼物送给董哥的，鱼尾巴是我非常喜欢的一样熟食。东西带到香港，还是不放心，多问董哥一句，他说新西兰查得严格，月饼和熟食最好不要带。我于是拆了两袋鱼尾巴吃完，狠心把余下的都留在了表姐家。

　　凌晨两点到小岛，下了飞机，董哥接我到住处，他还做了饭在等。有可乐鸡翅，砂锅猪脚，看到有猪脚，我感到很惊喜。第二天见冰箱里菜有不少，便问他多久买一次，他说一般一个礼拜。我心想这么久都不新鲜了，以前在长沙都是一天买一天的。后面几天董哥带着熟悉岛上各处情况，才终于明白这里压根就没有一个像样的菜市场，超市里卖的蔬菜大多从新西兰来，像红萝卜、土豆、洋葱，本来就经放，又加上岛上没屠宰场，因此肉类全是进口过来的冰冻货。叶子菜有两样，包菜和白菜。包菜倒经放，但吃完一颗接下来很长一段时间都不会想再吃；白菜看运气，时卖时不卖，实在想了，得去岛另一边的超市，这个白菜比较脆，叶子碰一下就裂，不经收。烫过几次冲菜，麻烦不说，吃多几餐也腻。

一个月后，董哥调回国内。这之后我种过黄豆和大蒜，黄豆是渔船来这里卸鱼时船长给的一包，我做腊八豆，但无奈这里气温不够低，也不会控制发酵时间，最后这豆子起了霉，闻起来一股酸臭味，只好全部倒掉。我想接下来不能再这么浪费，于是抓了一把种在房子旁，没想到很快发芽，再过一段时间就开花结荚了，然而大概土不够肥，不等里面的豆子长胖，整株植物就逐渐枯萎死去。种大蒜是想用大蒜叶子炒猪肉，可这大蒜种下去，根本长不出碧绿且长的叶子，只是孱弱韭菜般大小的两根，再然后鸡来土里刨，弄死不少，我种菜的宏图大愿也就随之而去。周六集市偶尔能见到白萝卜，五六个小小的，卖三纽币，做新鲜的吃还划算，但用来晒萝卜丝或者做酸萝卜条就只有很少很少的一点。不过馋起来，还是要做，晒干的萝卜丝炒带肥的腊肉最好，但岛上只有培根，吃得勉强。没有腊肉，做风吹肉也好，但苍蝇那么多，耐心守着晒了些，不是家里那个味道，往后就不再做。辣萝卜条也是光有样子，口感远没有从前乡下吃过的酸脆。如果小时候奶奶让我多干点这样的活该多好，奶奶还是把我带得娇气了。

七八个月后，国内有政府团来，我帮了些忙，那边的人也客气，问要不要带什么。我想吃的千千万，鱼尾巴、酱板鸭、鸭霸王，日思夜想，带不过来。想起早两年在雷州做实验，那时吃不饱饭，快递可以到镇上，并不是真的与世隔绝，可每月领着几百块的补贴，要留余钱置衣服买寒暑假回家的火车票，还是不敢轻易网购。到后面几个月，朋友介绍活，挣了点钱，我终于买了不少零食，有从前读大学爱吃的"鸽鸽"（一种江西素食），也有从前在长沙做事时喜欢吃的脆辣香干，是小孩子爱吃的垃圾小食，但无聊时吃着玩，日子就好过一些。这次来人，想多买几样，但都挺吃重，最后索性全部买的脆辣香干，一包两百克，买了近百包。有零食吃，夜里看电视剧开心多了，只是可惜管不住自己，一晚两三包地吃，体重飙升得飞快，在雷州做实验挨饿瘦下去的肉差不多又长回来了。深刻意识到自身极差的自觉性后，后面再来政府团，我不敢再买零食，顶多买一些腐竹、豆皮之类的用来做菜。

去其他岛出过几次差，奔波劳累，尝过外岛真正的食物匮乏之苦，又经历了大基地工作生活不分的一个多月，再回岛上，觉得还是一个人来得清静。借着这股珍惜的力气，还算顺利度过了淡季，然后过完在这儿的第二个年，有天夜里像往常一样躺在床上看视频，是一个人在外生火熏腊肉，口中呼出白气，忽然不可抑制地想念起故乡的冬天来。这里夏天实在太热太长，像一个绿色牢笼。我感到害怕，第二天起来，就向人打听哪里有铁桶，我要熏腊肉了！

以前在家里，每年冬天奶奶都会熏腊肉。回忆起来好像一切并不复杂，买回来的肉一条一条抹盐，盆里放一天两天，逼出水，灶里烧锯木灰，上面的铁锅移开，架一层竹子编的折子，肉放上去，盖报纸，熏一天一夜，水分脱得差不多，肉有了好看的金黄色，然后奶奶把这些肉用一条条铁丝串好，挂在灶屋烧火的上方，来了客，取一两块颜色最好的招待，吃不完的一直熏着，等父母去广东做事，就由他们带过去。

左右打听一圈，车行老板告诉我也许工程部会有铁桶。于是我去了工程部，对方问要来做什么？我讲有点想家，熏点腊肉解解乡愁。他会心一笑，领我到院子一侧，只见成百上千个铁桶堆在那里，他帮忙拿一个下来，说修路装过沥青要紧吗？我讲沥青不要紧，多烧烧就没了。有了桶，柴火不是难事，屋外一排椰子树，底下掉不少椰子壳，再一个房东每月来这边打理，枝枝蔓蔓砍下来堆在树下，我捡过来，椰树叶子是顶好的引火柴，烧起来旺，滋滋响，应该是含油脂。叶子，硬的枝，整的椰壳，一层层码好，慢慢火起来了。只是肉不能明火烤，熟了就不是腊肉的味，最好烧出炭火，均匀持续，可以熏出好看的腊肉。

写起来简单几句话，其实光烧火就摸索了三四天，起初浓烟滚滚，生怕邻居来投诉，后来是椰枝不经烧，中间得把肉挪走，临时再生一次火，耗时耗力，但是在一次又一次的练习中，摸清了柴火的性情，且铁桶底下有灰后，之前没有燃尽的树枝或椰壳烘得很干，再后面火力就能持续比较长的时间。有天夜里，我去看肉熏得如何，掀开报纸，见一个个椰壳红得火光明明灭灭呼吸着，觉得自己仿佛一个真正的大师傅了，心里很高兴。

熏了腊肉，解乡愁不说，来客人也好招待。不久后，董哥来这里出差，住了二十多天，他说三十年来吃过的腊肉，也没这回吃得多。我说那一定吃腻了。结果他说没有，还夸我，说刚刚好的烟味。其实我知道自己做得并不地道，只不过他之前吃过别人从国内带来的，店里卖的那种，很咸，这样对比，自然觉得我熏得要好些。董哥来的那天，我也做了猪脚。去年还做得一般，也不会砍，现在我就知道怎么偷懒，先不着急砍碎，整的猪脚和料酒一起在高压锅压四十多分钟，拿出来在冷水下冲净，顺着骨骼的方向，轻易就能卸成小小一块，接着一块一块的猪脚下陈年卤汁里煮几滚，沾八角的香气，最后回锅下重辣爆炒，是很好的下酒菜，三只猪脚我俩几乎一餐就吃完了。但任凭我厉害，一日两餐地做，二十多天，早就黔驴技穷了，董哥看得出我的为难，中间哪怕随便炒个饭，他一句嫌弃的话也没有。

　　董哥走后，偌大的房子又是空荡荡的了。有天傍晚跑步看见一个男孩子，和以前遇到的成双成对的快乐的中国人不一样，他看起来似乎有点寂寞，往回跑时见他坐在树下看人游泳。跑完步回来，我用超市新进的罐头竹笋炒了点腊肉，装了饭坐在桌子前，想起这个人的背影，岛上日子多难呢，我有点后悔没有请他来住处吃个便饭。

2017 年 5 月 6 日于拉罗汤加

风吹飞鱼

基地

在岛上做的萝卜条辣椒酱

熏腊肉

养黑珍珠的老李

去孔子学院找王老师,她正在教室,穿得体面,一副教书人的样子,中文教室挂着红色中国结以及大灯笼,见她要上课,匆匆说了几句话出来,这时一辆摩托从身边经过,后座那个人扭过头看我,问是中国人吧,我挥手喊,他折回来,原来是老李。他和他兄弟之前在这儿养黑珍珠,后来老板不给钱,到基地请董哥帮忙写律师信,顺带送一只清理好的鸡。现在钱快付清,再过两个礼拜回去。我问还来不来呢,他摇头。又问怎么不多来我住处坐坐,现在就我一个人了。他说怕我们忙。他每天也无聊,从住处到码头溜一圈。他这会儿手里提着猪食桶去帮本地人喂猪,说是打发时间。我让他回去前得空一定到我住处坐坐。

过几天,两兄弟骑摩托来,说吃过饭了。我切两碗木瓜,拌几勺冰激凌,摆一点花生、零食,泡茶。两兄弟大概喜欢木瓜,勺子舀着很快吃完了。老李1998年来这边,弟弟晚些,也十多年了,在马尼希基岛。听他们讲黑珍珠养殖周期蛮快的,五厘米的珠核插进去,十八个月长到十厘米大。黑珍珠挂在水下七八米处,每根绳子吊十个(因为贝大,可直接在壳上开洞绳子串着),两兄弟要不时潜到水下打理。吃的方面,自己种点蔬菜,打鱼,抓龙虾和椰子蟹。龙虾一抓几十只,房子旁浅水处石头围出一个池子，吃不完的龙虾养在里面。海鲜大多可生吃，马鲛鱼的肉切出来雪白得泛光。我读书时在雷州乡镇见过不少卖马鲛鱼的店，有次在本地人家吃，就是简单用水煮熟，肉感扎实，我能一口气吃好几块。老李说岛上有不少逃窜出去的猪，躲在椰树林里，靠椰子为食，捉一头够吃两个星期，只是没有冰箱不能久放，得尽早吃完。两兄弟见我话多，也愿意听他们说，就坐了蛮久才走。

有天去外面办事，顺路带几个木瓜给王老师，她先前说有时晚上不情愿做饭，吃点水果就过去了。到她办公室，百叶窗开着，凉风吹进来。这几夜闷热，她的住处是上下阁楼，却不通风，夜里在办公室坐到十点钟才回去，路上早没人了，狗追着她叫，王老师说再不那么晚回去了。她生怕怠慢我，一边说，一边拿酸奶要我喝。这时老李打电话来了，他住附近，我正想去他们那里看看。顺着他说的方向走过去，他在半路接到我。他们住的地方有点类似国内省城里各市县的接待处，两兄弟一间房，三十二纽币一天，楼下有厨房，水电算在内，并不算贵。老李拿几个芒果给我，说是门口树上结的，最后几个了，早几天风大，大的小的刮落一地。他们要我帮忙看一下电脑，有的视频忽然看不了了。我拿过来一看，换个播放器，好了。他们很高兴，虽然有的相声、电视剧看了不下三次，却总比没得看好。他带我看种在墙角的白菜，长得很大，有的开了黄花。临走前他们又给我一盒木耳，说十五号就回去了，不如留给我。我实在不好意思拿他们这么多东西，要他们两个第二天中午到我那吃饭。他们点头说好，走时老李找伞，我摆手说一点小雨不要紧的。

　　早上起来准备菜，到十点多钟，饭刚煮好，两兄弟来了，提着果汁和一大袋羊肉。他俩不料我已经煮了好几样，羊肉要我收到冰箱往后再吃。还有一袋海参，黄中带透明，弄干净了，也塞进冰箱，他嘱咐我红烧。我用USB接在电视上放电影，老李弟兄坐在沙发看，他在我边上走来走去，问要不要帮忙。我说不要，要他也去看电视。他坐不住，屋前屋后看一看，过一会儿他进来说篱笆下土肥，要帮我围个小园种菜。我哪里好意思，招呼他进来吃饭。烧肉没有完全切开，他弟兄几筷子没夹下来，他皱眉责怪样子太难看，要他拿刀来切，我连忙起身去拿。电影没放完，弟兄一口饭一眼电视，老李念他有点不该。然而我隐隐觉得感动，我找不到工作，奶奶带我去队上见在县里当差的人，我一声不吭，奶奶也是这幅气恼模样。

　　老李还是闲不住，我洗完碗，他进来说土挖好了，在院子一角咖喱树下。黑色的土，翻出来的蚯蚓正努力扭直，四周修了沟，树下放了挡板。老李弯腰手指着，说这里一排，那里一排，种好了，别说你自己吃，拿出去卖都会剩。我在墙角发的黄豆苗早已长得板密，盒子里一棵棵拎出来，白色的根团住原本松散的土，小心翼翼摆在沟里，老李找来树枝扒土，每排种三棵，树下斑驳明亮的光照在叶子上。他问我黄豆会不会爬，不然还要架架子。我听了笑，问广西不种黄豆吗？他说是第一次种。还剩一截土，他又帮我种了大蒜，用捉野鸡的铁笼子罩住。浇完水，老李说才移过来叶子会有点蔫，我嘿嘿笑，说知道，小时候看过奶奶种菜的。

　　进屋我拷电影到他们硬盘，老李还在外面，说："木瓜很大了啊，帮你摘下来？"我说够不着，告诉他院子里还有棵矮的，够吃了。老李没听，砍了一根长树枝，要我拿袋子在树下接，他一捅，熟透的木瓜哪里经得住，汁水嗞嗞嗞往下滴，他这才听了我的让鸟吃去。他在屋里左看右看，想着再为我做点什么，这让我心里不是滋味，如果他们不走该多好呢？走前，我让他们下周再来这里吃次饭，而且一定不要买东西了。他们说好，借劲说如果我得空送他们去机场就好了，又马上改口，生怕耽误我时间，我不让他说完，连忙点头答应了。

2015 年 12 月 4 日于拉罗汤加

老李帮忙种黄豆

老李兄弟和他们的朋友

抓虾

来小岛上班以后，朋友们不无羡慕地说那你好啦，每天吃海鲜。且不说我不怎么爱吃海鲜，岛上也没什么海鲜可吃，有的不过是超市的冻货，新鲜鱼店呢，卖的都是金枪、鬼头刀、炸弹鱼那些，又不好吃。偶尔在海边拐弯处的大树下有人吊了一串串的大眼真鲷或龙虾，买来吃过几次，觉得还是淡水鱼虾好，哪个叫我是湖南乡下水库边长大的小孩子呢？

如今岛上只有谢总和我两个中国人了。以前五六个，大家在一起多的还是做几餐饭吃，又或者酒店去吃，当然不是说那样不好，毕竟这里中国人少，聚一聚难得，但我最想的还是和人去山里的小溪抓虾。那时我才找到这个工作，看上司董哥的朋友圈有河虾，心里很高兴，想着以后去了也要抓，结果来没多久，董哥匆匆交接完工作就离开了。我一个人留在岛上，也曾试着融入当地生活，比如家庭聚会烧烤、圣诞花车游行，觉得还是疲惫，后来索性只在工作需要时出去见人，大多时候一个人待着。有好几次在半夜不知如何是好，感觉快窒息了，就走到外面透透气，外面路灯没几盏，狗多，凶得要命，只敢在院子附近走几步，天上银河清晰可见，听着潮水拍在岸上的声音，站一会儿，感觉好一点，又回房待着。

但也有过一次短暂的快乐时光。那时有个澳大利亚的留学生到这里旅游，他离境时才注意到学生签证已过期，意味着短时间内他回不了澳大利亚，而申请新西兰的过境签回国也需要时间，后面和他一起来的同学都回去了，他还滞留在岛上等签证。有天他约岛上的中国人去夜市吃饭，我原本并不想去，问王老师的意思，她也不情愿，说我去她才去。我想就当是陪王老师，出去一次吧。到那里，我们各自买了吃的，坐下来听他们年轻人说去哪里玩以及澳大利亚的一些事情，觉得他们的生活真是好，年纪轻轻可以去那么多地方。王老师和我买的炸鱼沙拉，味道还行，小哥买的烤猪配米饭，这个烤猪我之前吃过几次，皮很硬，吃着玩可以，佐饭还是有点困难，小哥感慨出来这么久，想吃妈妈做的卤肉饭了。我一听，忽然心软起来，因为我以前在外面读书或出差都饿过肚子，知道想吃一样东西而不得的心情，于是请他第二天到住处吃饭。

几样平常的菜，但是有卤肉，这个菜我做得不多，没多少底气，但看起来小哥喜欢的，吃了一大半。原本吃过饭，事情就到此结束，可是他拿起我放在沙发上发霉的尤克里里弹了起来，我这才知道他也喜欢音乐。他拿出电脑，放他和他朋友录的曲子，其中一段是《忽然》的一段 Solo，我一下子想起很多事情，反反复复请他放了很多遍。小哥见我喜欢，教我弹几个简单的曲子，原先自己瞎弹，总不得法，他一指点，进步就很明显。这样一直聊到深夜才送他回去。

谢总是他们营地的二把手，平常大家在一起吃饭，他总是倒酒的那一个，一开始他看我不喝，劝我，说在外面做事哪能不喝酒。后来他们翻译走了，王老师也回去休假了，偶尔请我帮忙处理几样对外的小事。慢慢大家知道我的性情，就不再在喝酒的事情上劝我。我呢，觉得对方也是信得过的前辈，便敢说两句心里话，不喝酒这个事情其实我很多年前就想明白了的，如果为工作上的升迁，强行把自己变成酒桌上的人，想必也不会对自己的人生感到满意，我想，既然如此，那人生的道路就慢慢寂寞地走好了。

有上司在的时候，谢总跟我一样，只在有事情时出来，平常待在房间，我们私下没有更多交集。但是在一起吃过不少次饭，我知道他平常爱到山里找灵芝，到海边找阴沉木，是个喜欢玩的人。所以等他上司一走，我问他去不去山里抓虾，这个事情我想了一年多，只是苦于没伴，又不知地方。谢总一听，说成啊，第二天早上十点钟便准时到了我住处。正值夏天，植被疯长，推开门，前厅地板倒映着绿的木瓜树和辣椒树，篱笆外的凤凰木有的花还没谢，有的已长出细细密密的新叶，雪白的阳光下大红大绿衬着，看得人心情十分明朗，仿佛回到童年大人不在家的暑假。一个桶，一只捞网，简单两样工具放在皮卡后面，我们出发了。

地方不远，只不过进山是条不起眼的小路，要不是他们先前做过测量，一般外人不易发现。沿途没有人家，只有农业部一座破破烂烂放农具的房子，路掩没在青草之中，高低起伏，也只有这皮卡开得进去。在一片橘林后面，几个当地人在种菜，再往前，四周大树遮天，没路了，我们下车，站在巨大海芋旁，听见了溪流的声音。

谢总带路，在一处大树倒下的地方，循着松软泥巴路往下走。我这才恍然大悟，溪流是山沟里冲出来的，两旁并无平坦之处，且笼罩在树木之间。刚到溪边，板密的蚊子闻讯拢来，而我们只穿了短衣短裤，一双夹板。顾不得蚊子和溪水里打滑的石头，找虾要紧，眼睛瞪得溜圆巡视几圈，只有这清冽冽的溪水。忽然谢总看见一只，顺着他指的方向，哇，真是大呀，两只钳子怕有手指长，黑的背，侧面一点亮黄色。谢总小心伸过去捞网，网才碰水，虾一弹，躲到枯木后面，网沿缝隙捅，不见虾出来。我原本想的是有一处安安静静的水潭，人站在岸上，随手捞就行，照这形势，今天估计没虾吃了。

谢总提了捞网往下游走，这里虾太少了。我还在水里东倒西歪，听见他在前面喊有很多虾。我抓着伸到溪流上方的树枝，走得总算快些了。这一处岸上有块狭长空地，溪水平缓，虾在两处石头湾里。谢总让我先捞几网过瘾，然而我根本捞不到，虾太机灵，捞网又密，在水里有着不小的阻力，手臂上的蚊子抖都抖不走，一巴掌过去，打死三四只，一手板的血。我捞两把空的，性躁，放弃了。谢总接过网，往水里一站，网慢慢往石头湾里堵，把虾逼到缝隙里，然后抵着缝隙使劲兜两下，虾害怕，正想逃，就逃进了网里。谢总把虾放进桶里，我怕虾死掉，用盖子舀几勺溪水进去，怕跳出来，不敢多看，盖了起来。

虾受了惊吓，逃到外面，不再回湾里。天上的云一走，洁白日光从树叶间照下来，溪水明亮处几十只虾排成一条线正往上游，它们看到石头湾，又往里躲。这样一上一下两处石头湾里捞着，大概有十几只了，两人吃一餐还是有点少，于是谢总继续往下游找，他走得快，一下不见人影。溪流上方枯木横跨，有点像原始森林。我一提脚，卡在石头里的夹板一边扯了出来，喊谢总，谢总不应，蚊子又来了，急得我大汗直流。这时看见不远处一条鳗鱼游过来，我上好夹板，还没穿到脚上，又被溪水冲走，赶紧折一根树枝抵住，等再穿好，鳗鱼已经不见了。到谢总那里，他又抓了好些，这一带没有湾，但溪水边是一层一层的碎石，虾藏在很浅的石头缝里，一网过去，总能捞到几只。我说再抓十只就回去，还剩八只的时候，听见摩托车响，这么偏僻的地方怎么有人来呢？谢总担心车门没锁，要丢手机，于是赶忙从一处树下攀着钻了出去，到我爬上去，摩托车已经走了，问手机还在不？都在。这才放下心来。

最近岛上治安不好，先回营地看了看，谢总说顺便在这儿把虾蒸了吃呗，我不信他的，河虾要爆炒才好，但我没说，只是坚持说去我那儿，多做几样菜，要像模像样地吃餐饭，毕竟是元旦。他拗不过我，说好，又在夏师傅屋前掐了两小把香菜。谢总讲话虽是北京腔，但他小时候在湖南长大，记得一点长沙话，也吃得惯辣，所以我对他吃爆炒河虾有信心。后来一尝，他果然喜欢，我说您多吃，都是您抓的，他说你做得好，也多吃。我就笑，其实从小钓鱼、挖黄鳝那些我都不喜欢，是长大后才明白一点其中的乐趣，哪怕只是帮忙提提桶我也高兴的，现在还能做菜，尽一份力，就更有参与感了。剥虾尾，小心挑出胸腔里黄色的膏，两个人吃得很高兴，谢总说要做一把更好的捞网，下次还去抓。他拿起啤酒瓶，我端起果汁，干杯，新年快乐呀。

2017 年 1 月 3 日于拉罗汤加

油爆虾

抓虾

海边野餐

醒来天刚亮，外面水滴得响，看来今天野餐又不行了。几个月前在海边跑步，见有人烧火，想起还是做小孩子时烧过，于是兴冲冲地对王老师讲："我们也去海边烧火，烤一只鸡来吃。"那时正值炎夏，天还很热，说完大家并不放在心上，后面孔子学院又来了个李老师，李老师是年轻人，对玩的事情上心，加上下周王老师合同到期，以后不再回来，就更想一起去野餐。到晚一些，我再看手机，李老师在群里说天已转晴，在外面买菜，只是不知道买什么，看来野餐有戏。

我出门，去超市买了一只鸡、一盒鸡胗、三块鱼，再转去李老师住处。去时，他正躺在床上看手机，一只小花猫从门帘下钻出来，脖子下方一丛白的绒毛，仰头，爪子挠两下，软绵绵趴在路上。我问李老师你养的猫吗？李老师答："是啊，它刚还贴我肚子上睡觉呢。"李老师对猫猫狗狗很宽容，有时看他发朋友圈，三四只猫伏在床上，附近的猫几乎都被他养了。站着说会儿话，天上温吞吞的太阳，浓云渐渐遮住山尖，接着细丝一样的雨又落了下来。

下午一点多钟，听见外面摩托响，起身看，是李老师，他摘下头盔，将书包放在桌子上，掏出吃的，说傍晚野餐用。我说："三个人哪里吃得了那么多。"又将东西一样一样放回他的书包里，留下喝的、一盒锡纸、一包串好的虾。草地上明亮日光照着，想来天气是稳定了。我进屋做凉菜，李老师问要不要搭手，我说那就请你在旁边说会儿话罢。然而两个人没什么话要说，我放下刀，转身从冰箱里拿两个大蒜，递给他，说："劳烦剥一下！"

凉菜原先做过，豆皮拌黄瓜丝，因为豆皮的香气，这道菜很容易就能做得好，夹一筷子给李老师尝，说好，但少了点什么。是什么呢？想一想，是醋。李老师家在山西，他说少醋我是信的，不过面前只有一瓶白醋，味道太重，我担心影响本味，李老师说那还是不要加了，我想起冰箱有柠檬。挤了柠檬汁，再一尝，大概就是那么个意思了！

凉菜做好放回冰箱冷藏，再将鸡胗焯水，鸡胗起完浮沫，捞出来冲净，切成小片，在不放油的锅里焙去多余的水，加一点盐，最后装起来。另外切小葱，李老师的大蒜也已剥好，一起切碎，锅里的油烧得滚烫，小葱和大蒜沫从刀背上抹下去，爆出香气，盛到另一个碗中。其实两样一起回锅炒炒就是熟的菜，不过为了烤鸡时不那么无聊，有这半成品，可以在炭火上先烤来吃。

再晚一些，李老师去接了王老师过来。两人担心夜里冷，穿了外套。可能是太久没见王老师穿外套，顿时像一个新鲜的人了，有着冬天的温暖。王老师一下摩托，就说："哎呀，今天可是又麻烦两位帅哥了。"说着，将两袋吃的放到桌上，她要回国，住处吃不完的都留给我。我问李老师那儿留了吗？结果李老师说他饭做得少，不用留。然后几个人把七七八八吃的、油盐碗筷放到车里，出发去海边。

地方离住处不远，开车过去不过一两分钟。黄槿树下一张歪腿桌子，旁边堆了石头，有火烧过的痕迹，原本枝桠乱长的黄槿，大概人来的多，只有几根长的枝在头上横过，外面沙滩和宽阔潟湖衬着，这片小天地便有一种隐秘和空落之美。从枝叶下走出去，准备挖坑，才恍然意识到忘了带打火机和铲子。我想沙子松软，徒手挖不难，刚弯腰，王老师递来一块捡来的木板。

我扒坑，请王老师和李老师去捡柴，两人问捡怎样的柴，我笑着说："椰子壳，干木棍都可以。"各自分工，事情做得快，扒好坑，身边的柴也陆续多起来，捡几块石头垫在坑下，长的木柴抵在小腿当面骨掰断，硬一点的踩在脚底折，再一根根像金字塔一样竖着搭好，可以生火了。起身一望，见不远处有人，便嘱咐李老师再去捡点引火柴，我去借打火机。借了打火机回来一看，李老师折的几枝木麻黄枝，还是绿的。我觉得好笑，说这点不燃呢，跑去树下扒一堆枯黄针叶，搂回来，塞到棍子下，噼噼啪啪的火烧了起来。王老师称赞我厉害，我说不厉害的，不过是占了乡下出身的便宜，我小时候经常在外面野炊。

七八岁的我，被奶奶宠得像个少爷。这样菜不吃，那样菜不吃，夜里躺在床上滚来滚去，喊冤："娭驰哎，我不舒服。"奶奶听了，着急问："哪里不舒服呢？晒多了日头么？"从书桌上摸出一盒清凉油往我额头后背上抹。抹完，问好点吗，我嘴巴一扁，说还有点饿。奶奶哪里不知道我的伎俩，不过是身上没钱。然而她不舍得自己孙儿受苦的，借着月光去管理所的店里赊账买吃的回来，常是饼干、焦脆糖、"鸡脚酥"或"兰花坚"几样。

有年春天，奶奶不晓得学的哪个，从塘边树上摘了香椿回来炒，我一闻，实在是太臭，捏鼻子跑到门口有风吹过的地方，对奶奶吼："快倒掉去，锅也不要了！"奶奶没办法，端出来，倒掉一锅的菜。我仿佛受了巨大委屈，无论如何也不吃饭。这天恰好副坝对面的艳姐姐和她的老师同学热热闹闹一伙人在大园里郊游野炊，奶奶于是对艳姐姐说好话，请她过来接我去大园里。

艳姐姐是初中生，她的话我情愿听。她学校在洞庭桥，十几里路，初中生放学晚，路过我家时差不多天黑了。哪天若是我不欢喜，奶奶便留她在家里吃饭。艳姐姐下单车，说："九阿婆，我不回去，姆妈会急。"奶奶说："不得，我告诉她。"于是大小两个孩子吃饭，奶奶去副坝，喊："凤鸣啊，艳妹子在我屋里吃饭哦，暗些回来。"伯母应："唉呀，那怎么好意思，艳妹子尽在您屋里吃饭了！"吃过饭，我们一起写作业，艳姐姐要回去，我还舍不得，她陪我打两手扑克。到八点多钟，我明白她有自己的屋要回，便不再留。奶奶千谢万谢，将她送回副坝下方的屋里。

跟艳姐姐一起野炊，让我明白在外做菜是怎样的好玩。平常和湾里小孩子玩捉迷藏、空海陆，这以后，我开始喊小孩子们去大园里野炊。大家从家里"偷"油盐鸡蛋，因为不多，大人不易察觉，但锅碗拿了实在现形，只好由我准备。比起其他父母在家的小孩子，我不怕奶奶。

大园里三面围水，空旷地上长草，中间两棵高的油茶树，树下几行茶树，茶树间挖菜地，因为地方偏僻，鸟多，偶尔还有偷菜的人，故一般蔬菜种得不多，主要是用来喂猪的红薯。灶是现成的，在草地一处的小坡，土已掏空，边上垫一圈石头，锅架上去，和家里土灶差不多模样。

几乎每个周末，我们都去大园里野炊。菜并不特别，钓了水库里的鱼小孩子也不会煮，偷人家几个红薯，煮饭时煨着，红薯梗掐尖炒一炒，或是从自己家里菜园摘来的黄瓜或豆角。这些菜平常在家都不怎么下筷子，一到野外，吃得津津有味。

我跟王老师讲，过去那么多年，再想起大园里的腾空飞去的烟，少年时的幸福和快乐还历历在目。王老师听了笑，说她以前在婆婆家烧过火，像今天这样到处捡柴来烧是第一次。我于是说笑："是我坏哩，喊大家出来干体力活！"

说着，大家有些饿了，包了锡纸的鸡在火下一时半会儿熟不了，我把炭火扒到一边，请李老师用锡纸做几个小盒子放上去，洒油，放鸡胗和虾，一面烤，一面将原先做好的小葱大蒜油分到杯子里。为照顾王老师，孜然和辣椒事先没放，现在我和李老师每样都加一点，拌匀，将烤热的鸡胗和虾夹到杯里泡一泡，过去在大园里野炊的味道一下涌现出来，真是又饿又好吃啊。李老师也客气，附和道："好吃！"

太阳落下去后，潟湖里鲜红的光也很快淡下去，最后整片天地间只有沙滩上这堆火高高低低亮着，捡火时，擦出细细密密的火星，顺着风的方向一颗一颗向前跳。没想到鸡还没开吃，大家就已饱得动弹不得了。为什么一定要烤鸡呢？大概是小时候受电视里叫花鸡的影响。休息会儿，火一时半会儿是灭不了了，大家一齐动手将烧完的木柴一根根撤下来，插进沙子里熄灭，明的火炭扒开，那些细的经几阵风便黑掉，直到沙滩上一丝火星也不见。

夜里巨大的风从木麻黄间吹过，呼啸响着，三个人坐回车里，我打开灯，对两位说："要回去啦。"心里有着小小的温暖和安定。

2017年6月11日于拉罗汤加

查理家的圣诞节

有天喝醉了，查理和凯瑟琳送我回来，我也没请他们进屋坐，径直倒在床上睡了过去。第二天六点多查理发短信过来，问我好点没有，要不要去医院？我其实半夜就酒醒了，起来洗了澡，只不过早上困得厉害，没回短信。到八点钟，听见查理在窗外喊，他说不放心，过来看一看。我说已经没事了，只是一脸起床气，不好意思拉窗帘。他说不要紧，你醒来就好了。

那天他问我圣诞节怎么过，我说和平常一样，又问他是小孩子来这边呢，还是他们回去，这才知道他们没小孩，但凯瑟琳的妈妈会来。查理问我要不去他家过节，我平常是怕热闹的人，但想想就三个人，答应了他。

查理和凯瑟琳在这边基建部做义工，签了两年合同，跟我一样，都是去年九月来的库克，后来在 Hash（一种户外运动）上认识。查理有点胖，拄着登山杖，经常落在队伍后面。我呢，和人打声招呼，如果没人问话，就默默走着，在队伍后面拍几张照片。查理和其他人有点不一样，他问我做什么工作，喜欢不喜欢这里，也说他自己的事情，比如从小在非洲长大，说话带非洲腔，我听不出什么是非洲腔，只是觉得他说话咕噜咕噜，听着听着就不知道他说去了哪里。我不好意思提，继续点头说嗯，他以为我都懂，说啊说，忽然听见他笑起来。有一回我去外岛出差，吃了不小的苦，他好像喜欢听我说这些。后来我又去其他地方出差，一去一个多月，回来听邻居戴夫妮说查理每周都在问我，生怕我又去外岛出差了。这样被人惦记，心里很受感动。但后来戴夫妮回国，每周一的下午不会再有人敲我门问去不去Hash，我说往后再不会去了吧。查理听了，说你要来，我们喜欢你。我说Hash地方难找，他说我发短信给你！

遇到过很多人，说将来要联系，不过是客套话，我自己在人际交往上也是如此。但查理说发短信就真的发。像圣诞节，前一天他发来短信，让我十二点左右过去。早上起来，我做了两个菜，卤肉，凉拌菜（我告诉查理这是中国沙拉），一冷一热，带了过去。我不知道他的住处，打电话说了大概位置，他出来接了我。没想到他住得那么偏僻，我跟在后面，想这要被人卖了怎么办，然后又被这个念头逗笑了，卖人在他看来是多么奇怪的想法啊。

一路往山上开，他家住半山腰，在一处陡的斜坡，三四栋房子架空并排，面朝大海，中间一栋一层的是他住处。我停好车，他岳母站在厨房门口，仰头和我打招呼，查理说是她是朱莉。从木楼梯下去，到阳台，绿树尽头望得见蓝色大海，大风吹起白色浪花，这里一朵，那里一朵，遥遥看着，让人感觉很可爱。查理忙不停地向我介绍隔壁住的几户人家，我几乎没听明白，好像人都不在，只有隔壁一个小孩子在阳台，听查理喊他Kino。Kino妈妈是马来西亚人，所以小朋友看起来还是像我们亚洲人的面孔。不一会儿，他跑来这边，先是一阵风似的从边上跑过去，后来又举着毛伊的人偶，人躲在墙后，学人偶的样子讲话。我们和他说话，他并不拢来，很快又见他回了自己阳台，举了另一个人偶，他的父母在忙什么呢？

凯瑟琳烤了一盘土豆，掺了南瓜和木薯；一腿小牛肉，查理拿叉子和刀把肉剔下来，牛肉烤前只是撒一点大蒜末，盖一层培根，再无其他配料。这时候培根颜色很深了，飘着腊肉的香气，而里面牛肉十分细嫩，汁水盈盈。最后凯瑟琳用白水煮了胡萝卜和豇豆，几样菜摆好，一人一个盘子，每样夹一点，像自助餐这样。查理做完祷告，大家端了吃的去阳台桌子，桌上的杯子里插着几朵黄色小野花，那样摆着也好看。吃过饭，凯瑟琳拿来四个小筒，大家交叉手，一起拉开，嘣的一声，爆出几样小东西，有纸帽、蓝色软尺、问答题，还有封面闪光的迷你日记本，掌心大小，每人选一样，戴上纸帽，这让我感到一种节日的快乐，说知道圣诞节十多年了，好像这是第一次真正过。这几个小筒是查理在商店买回来的，凯瑟琳遗憾地说圣诞树都没买一棵。他俩做义工，除了生活补贴，没有其他收入，难怪之前问查理明年九月后还续不续签合同，他小声说不了，凯瑟琳不同意。

见凯瑟琳失落的样子，我说这样就很好的，说起自己十几岁时，不明白过年有什么好，贴对联，三十那天上坟烧香放鞭炮，每年跟着大人去，觉得无聊不过，长大后，不能回家过年，才体会到这其中的好来，这些事情是一年到头和家人一起一起完成为数不多的事情，会让人格外珍惜。

这时凯瑟琳说我们吃圣诞布丁吧,查理把像蛋糕一样的东西隔水热好,请凯瑟琳持调羹,倒一点威士忌,点燃,然后淋在蛋糕表面,只有隐隐的火,查理俯身去看,问我看没看见。这时凯瑟琳调奶油一样的东西,两样热的拌在碗里,再加两勺冰激凌,做成布丁。布丁也是每年圣诞节要吃的呀,凯瑟琳说。

2016 年 12 月 26 日于拉罗汤加

查理和凯瑟琳

圣诞布丁

小岛上的新年

凌晨四点钟醒来，外面在涨潮，轰隆隆的声音听得清晰。夜里凉快了一些，起身把吊扇风力调到最小。之前做梦，风扇吹着仿佛站在呼啸风口，这会儿都安静下来了。翻来覆去，想着，不要再懒，还是写几句话。

没想到已经是在小岛过的第二个年了。感觉今年好过去年，一来，对地方熟悉，心理上不再觉得遥远；二来，只有三个人过年，饭桌上少了"不必要"的客气，自在许多。我可能的确是害怕"热闹"的。大年三十照国内时间过，年夜饭还在中土吃。这是谢总招呼我们的第二餐饭。如今正值小岛炎夏，天一热胃口就不太好。早两周他喊我和王老师去吃饭，我在微信里说谢总呀，少做几样菜，我煲了一大锅汤，王老师买了新鲜青口，您再做两个菜就差不多了。结果一去，还是有些被眼前的阵势吓到，满满一大桌，每样很大分量，就算来十个人也不一定吃得完。大概大人们是这样的心态，少了怕不体面。

所以到年夜饭这餐，见到同样阵势，我就没那么诧异，只是觉得太辛苦他。说来也巧，正要出门，车行老板打来电话，说今天杀猪，要我过去拿内脏。我图好玩一样的在电话里说你们先不要杀哦，我想过来看看。路过中土，兴冲冲地跟谢总说今天杀猪呢，正好赶上除夕。谢总听了也高兴，问我有没有盆，这才想起来没有，于是他进去找两个大铁盆搁后车厢。王老师正包饺子，原本想带她去看看，可她好像一点没有要去的意思，便没开口问。

到了地方，水已经烧在那里，底下椰子壳烧得通红。猪养在芒果树下的铁笼里，两个笼子，一笼猪崽，另一笼两头其实也不大，大概六十多斤。婆婆坐在一旁，我问怎么不等长大一些再杀，婆婆说再大就杀不动咯。也是的，爷爷八十岁，搭手的孙子阿山还比我小一岁。以前在家里看大人杀过年猪，一两百斤，至少四个大人才杀得动。

我小时候常见人杀猪，那时并不感到绝望。这回可能离得太近，又是当着另一头猪的面杀，空气里满是绝望的味道，不由得胃里一阵翻腾，看得快吐出来了。猪杀完，过开水后，爷孙两个飞快地用沙子在猪身上搓，说来也是稀奇，猪毛那么容易就被搓下来了。记得家里杀猪是要吹的，屠夫往猪脚处插一根管子，腮帮子鼓得老大往里面吹气，猪吹成气球样，扎紧，从上而下淋开水，一刀一刀刮，程序繁琐不说，还没有沙子搓得快。

他们把猪头也给了我，这样一看，我拿了一半有余。虽是当地人不吃的东西，还是感到十分不好意思，小声问阿山，真的不要给钱吗？他听了笑，说不要啦，反正都扔了。我说那就过几天做吃的请你们尝尝。他说好。爷爷看我要走，又砍了一串香蕉给我。

车子里喷臭的，我把车窗打开，小心翼翼地呼吸。到中土，望着这一大盆不知如何下手，幸亏有谢总帮忙，他先把猪肚、猪肠这些卸下来，挤去猪屎，而我只要过细洗干净就好了。说真的，站在水池旁边洗，好几次要吐出来。谢总呢，看他往猪肺里注水，然后两手一压，汩汩的水往外涌，好像又挺好玩。猪肠洗完一面，不知怎么翻过来，记得是用筷子，但到底是怎样穿不清楚，谢总从我手里拿了筷子，说看着，你多抵住一点，推进去，不停往后翻就成了。我一试，果然是的。我问，您怎么这么厉害？谢总说原先看厨师弄过。王老师包完饺子，不敢凑近看，我说王老师，猪肠好好吃嗳，王老师嘴巴一撇，说我才不吃呢。问怎么不吃，您看我洗得多么干净。她说内脏胆固醇太高啦，很多年前就不吃了。

我有点沮丧，王老师不吃油盐重的，不吃内脏，不太爱吃肉，那我这个湖南人实在没什么好菜拿得出手了。无论如何，大年初一还是要请两位到我住处吃饭。去年做扣肉费了不少工夫，吃的人却寥寥无几，今年要做点不一样的。想起这一年多来跟着北方人吃饭，除常吃的饺子，凉拌菜也是饭桌上常见的食物。

原先我会做拍黄瓜，但王老师不吃辣，后来就试着用黄瓜丝拌豆腐皮，不加酸，不放辣，只入一点晾凉的植物油，生大蒜末，少许盐，少许糖，拌匀冷藏，黄瓜的清香和豆皮浓郁的黄豆香气，再有生大蒜的气味，仿佛就是菜市场买来的凉拌菜一样好吃了。红烧猪肘热天大概没人爱吃，于是放在卤汁里慢慢炖一个上午，晾凉后撕成小块的肉，同样冷藏，再算上三文鱼、绿豆沙，凉菜就占了年夜饭的一半。另外几个热菜是西红柿炒蛋、爆炒猪肚、炸丸子汤和烤鸡翅，不过谢总去小溪那边取了好几十只虾回来，怕吃不完，鸡翅便没有再烤。

丸子是第一次炸，菜谱里说放点马蹄更爽口，可是岛上没有马蹄、莲藕一类的食材，只好用芹菜将就。原本做这个菜是为了图个兆头，煮的八颗做汤，不承想王老师喜欢吃，看她吃了两颗。我觉得很高兴。谢总则喜欢猪肚，只是我经历了这次杀猪和洗猪肠，短时间内可能吃不下这些。终于能明白为什么以前在家里奶奶杀鸡却不吃鸡肉了。

吃过饭，在玻璃门上贴两个谢总带来的福字，红彤彤的，是过年有的喜庆气。三个人拍了照片，又去海边散了一圈步。天可真热啊，一丝风也没有，海上一颗明亮星星，大概是太白金星，大家并不认得，胡乱说着。回到住处，谢总和王老师回去，住处又是一个人了。在床上躺着看了会儿电视，想起锅里的饭还没有盛，又起身到厨房，电饭锅拿出来一看，竟然只剩很小一口饭了。以前请大家吃饭，煮的饭常常没人吃的。我感到十分高兴，在群里跟谢总还有王老师说谢谢两位赏脸，大家又说了会儿客气话。我想这顿年夜饭应该是做得还行的！

2017年1月30日于拉罗汤加

阿山家养的猪

用沙子去毛

牛跃峰

往回跑时，看见建筑公司的车停在院子里，他们终于还是租了这个房子。之前他们和我联系过，岛上几乎没有什么中国人，他们看我在这儿待得久，想着会认识当地人，便问我学校附近是否有合适的房子出租，这次他们来，是要重建一所多年前被烧毁的小学，小学正挨着我的住处。

白衬衫小哥朝我招手，说他们搬过来了，让我过去看看，以后晚上一起打麻将！我笑笑说不会打，他忽然明白似的说："是哦，爱热闹的人在岛上好像是不容易待得住。"

到饭点，大家走回工地，工地过来了五六十个工人。我问住得下吗，小哥说住得下，然后带我去各个房间看。宿舍是原先这座小学的教室，很大的三间，每人一张单人床，有的挂了蚊帐，其他人还没来得及去领，但这个时候蚊子其实不多了，夜里开窗户，风又大，要盖被子睡。每间房一个工种，分别是木工、钢筋工和泥工。

屋檐下有新丢的椰子壳絮，地坪上摆了很多袋铁的东西，这几天来了九个货柜，漂洋过海一个多月才从国内运来这里。先前见过的几个领导和我打招呼，说请我在这里吃饭，我感谢他们的客气，说以后有很多机会来吃。

几个工人从外面散完步回来吃饭，其中一个说小河里有鱼，海里有海参。领导小哥嘱咐他们不要去游泳，更不要去抓鱼。他们问为什么，我搭腔说潟湖看起来浅，涨潮时有的地方有暗涌，怕出事。其中一个听了，说："我们赣江边长大的！"小哥说："越是晓得游泳的越容易出事，出来挣点钱不容易，还是不要让家里人担心。"几个人笑着答应，散了。见他们吃饭，我拿出手机，把没跑完的步继续跑完。

一个人在岛上住得太久，常常心情很差，工作的事情硬着头皮做完，其他时间躺在房间里，看两集剧，睡一会儿，写了几天的稿子，终于搁置在那儿，这也让我感到痛苦。工地到了星期日休息，原本赶工期不休息的，但本地风俗如此，有人跳出来抗议过几次，最终还是妥协了。我想要不出去碰碰运气？看是不是有聊天的人？之前去过两三回，但大家都有事情要做，站一会儿，觉得尴尬，走了。

我只好跑步，有个年轻小伙子看见了，问："你每天吃饱了没事做吗？"我没搭理他，但心里还是有气，我干活的时候你又看不见！我从他们宿舍后面的路走过去，厨师正出来，问，你住附近啊？我笑一笑，说是啊。他端了菜在水池边洗，我想过去看看他们江西人做菜是什么样子。但他们那么热闹，寂寞的我要融入他们好像非常羞耻似的，装作若无其事的样子往前走了。小时候，邻居戴老师家里经常有各式各样的人到他家做客。大人带了小孩子，戴老师的孙女娟和他们一起玩。都是体面人家的小孩子，我不敢拢去。远远望了，心里很羡慕。

在海边散步，见到一个工人。我问："捡到什么好贝壳了吗？"他一应，我明白是早两天晚上碰到的那个河北大叔，那会儿我跟孔子学院的王老师、李老师在海边生火烤鸡，他们几个人散步过来，天是黑的，模样虽然看不清，但我记得他的北方口音。他问那天晚上在海边烧火的人是不是我，我说是的。又问我每天做点什么，挣多少钱一月。我答完，不知再讲什么好，背着手往前走了。

回来经过白衣小哥的房子，隔了篱笆，他们几个坐在那里。先前跟他们说得空可以到我那儿坐坐，但他们一次也没来，大概太忙，又或者是觉得跟我没话讲。我别过头，加快脚步，走到他们看不到的地方。虽然这样寂寞，但又不想被人知道。这样的心理越来越严重，以至于去海边散步，哪怕只是经过工人宿舍都小心翼翼的。还好，大家在屋里聊天，没人注意到我。过马路时，几个工人从海边回来，我扭过头，装作在避车，过了马路，连招呼也没打。西天一点霞光，一团巨大黑云像鲸鱼的尾巴正要扎进天际线。走过来，走过去，重重舒几口气，想怎样把前两天没写完的稿子写完。

正想着，听见人的脚步声在靠近。一片漆黑，看不清彼此模样，他问我是不是早几天在海边烧火，我问你怎么知道，他说他老乡说的。

"原来你也是河北人？你们工地多少江西的，多少河北的？"

"嗨，都是江西的，河北的就我们三个，我，那天晚上跟你打招呼的，还有他儿子。"

"你是做哪个工作？"

"不好说。"

"怎么不好说？不就是分钢筋、木工之类？"

"哦，钢筋。"

"原先也是做这个吗？"

"哈，不是，我以前没做过。"

"那他们怎么要你？"

"面试的时候说做过就好了嘛，又没人去检查。"

"你是怎么找到这个工作的呢？"

"我那个老乡介绍，他在国外做事快十年了。"

"在这儿还习惯吗？"

"还行，不过我是第一次出远门，真的，我从小到大没离开过保定。"

"那怎么还是出来了？"

"我这几年不太顺利，奶奶、爸爸、妈妈相继住院，我在医院照顾他们好几年，现在他们都走了。我来这里之前，在一家石头加工厂做事，每年有七万多吧，效益好的时候可能有个八万，但那个工作太磨人，每天要工作二十四个小时。"

"二十四个小时？"

"是啊，早上七点到十一点检查机器，维护，中午休息会儿，然后晚上九点一直工作到第二天。"

"哦，时间被分割成一小段一小段了。跟我们的船员有点像的，他们下钩，装饵料，起钩，杀鱼，冻鱼，一条船就十多个人，几个人轮班做，每天如此。"

"那你在这里做什么？"

"我驻扎在岛上，有时渔船回港，帮忙报报关，带生病的船员看看医生，帮船上补给物资之类。"

夜风越来越冷，我说去我那坐会儿吧，有点冷了。他好像也意犹未尽，说好。到门口，他不进来，说外面也可以坐。借着屋里的光，这才看清他穿的还是做事的衣服，沾了泥巴。我说没事的，进来坐，我不是那种人。他看我坚持，进来，却还是不肯坐下。我说沙发可以坐的，他望一望，说那坐椅子。这时听他说起他老乡。

"他们父子现在关系不好。"

"怎么呢？"

"他这些年在外面做事，儿子不是他带大的，妈妈又惯得厉害，做事太慢，他去说，儿子根本不听。他气得不行，找我去说。我想，小孩子从小就不跟爸爸在一起，哪里能一下子扭转得过来，要时间的。道理是这样，但他好像有点怨我，以为是我担心去说了会得罪他儿子。"

听到这里，我感到有点诧异，因为我见过的很多人，大多以为人生有一个现成答案在那里，找到了就能一了百了。但显然，他不这样理解人生，他坦然接受生活里的不如意，明白时间的力量。

我起身打开冰箱，切两个橙子，一边吃，一边听他继续说其他的事。

他雕过玻璃花，钻过井。玻璃雕花听起来很难的事，他说得轻轻松松，把图案由投影仪投到玻璃上，照着画好，玻璃刀还是什么金刚砂雕，是个人看一次就会了。一开始雕花还赚钱,后面做的人多价钱就低了。

转行去做钻井,县城周边的村子都去,一天钻一个,开始大家钻三十米的,可能十多年后没水了,于是风气一变,变成钻五十米的,慢慢地,大家生怕水用完,钻得越来越深,现在一般都钻一百八十米、一百九十米了。

"主人家管饭,有的人家吃得好,有的人家就差一点。但我其实不挑食,像来这里,每天跟着江西人吃米饭,我一点问题也没有。但有的人家,碗筷太不干净了,筷子拿起来是油腻的,碗的边上还有抹布水黑的沫。主人家呢,好像意识不到这些,还是非常热情留我吃饭。"

"那你吃了吗?"我问。

"没吃哪,说肚子不舒服,没胃口。"

哈哈哈哈,听得我笑了起来。

后面又聊了些其他的,他见我打哈欠,说要走了,改天再来。

我说好,拿手电准备送他。他说这么近,不要送。我说要送的,你是第一次来,外面也没光。他把我往屋里推。我说,没事,就当我再出门散散步,他这才同意。送到工地,手电照到宿舍,他反头几次让我回去,又突然问我叫什么名字,我说我叫胡子,他说:"哦,我叫牛跃峰。"

现在我知道牛跃峰了,在工地篱笆外面的马路上过身,可以停下来和他们打声招呼。在清一色穿蓝色工装的工人里,牛跃峰很好辨认,一双布鞋,一条裤脚卷上去两寸,裤子便像是吊在那里。他和他老乡被安排在一个红色棚下，捡起很长的钢筋，对准机器，两头分别打出螺纹，再堆放在另一边。他说在这里做事比国内轻松，大概是机器不够好用，一天弄一百多根钢筋就差不多了，国内正常要做三百多根的。做事时他老乡问他汤加在哪里，他想在年长的老乡面前争一点面子，说在哪里哪里。我听了觉得有点好笑，但还是顺着他的说下去，再把偏离部分慢慢拉回来。

有时夜里不加班，牛跃峰和他老乡来我这里坐一坐，说岛上太阳厉害，人晒得乌黑。老乡还是上一辈人的习气，每间屋子进去瞧一瞧，说我住得宽敞。我给他们切水果，他们很客气，说不麻烦我，我说不麻烦，水果都是院子里长的，木瓜、香蕉又或者是百香果，人不吃，它们就掉地上沤烂或者由家八哥（岛上的一种鸟）吃掉了。老乡讲我不要每天吃米饭，吃米饭太无聊。牛跃峰听了笑，说他是南方人呢，不需要吃面食。老乡不会讲普通话，我只能听个大概，牛跃峰见我皱眉，小声问："能听懂吗？"我说一半一半，其实我听不懂的，客气笑一笑。

有时实在没什么要讲的了，想着他们平常也不太会有机会去小岛上转转，于是开车带他们出去看一看。有回甚至去了海边的酒吧，在一块沙滩旁，一个棚下台子，旁边一些桌椅，树上有彩灯简单勾勒出来的线条，客人们在吧台点了喝的，自己找地方坐，音乐很大声，年轻一点的在台子上扭动，其他的和朋友坐在桌子边开怀大笑。以前这些地方我都不来的，大概是寂寞的感觉在人群中尤为强烈，而现在有人和我一起，我就有了胆量。还有一回，我们去岛上另一侧的蔬菜超市,买了两兜白菜,外面正有人露天看橄榄球直播,幕布上惠灵顿那么冷的天,雨淅淅沥沥下着,球员们一点都不怕冷。我买了几个冰激凌过来,几个人站着,一面吃,一面看,天上一弯清冷月光。

其余多是在海边散步时碰到牛跃峰,其他人闲下来通常躺在宿舍里玩手机,他站在海边沙滩上,我过去,问,捡到什么好东西了吗?他说没,接着说说这天发生的事,或家里的事。天上月亮只有一小瓣,但是那样亮,照得海上一片银白亮光,潟湖平静得厉害,他说这几天尤其平静。走到黑石,找到一块石头坐下来,仰头是巨大一块石头,石头再往上是那一瓣月亮,另一边的天上是密密的银河。

说到他工作的问题,他之前提过这里事情做完,不知去做什么,我帮忙问了做建筑方面的朋友,那个朋友因为工程烂尾打官司每天焦头烂额无力帮忙,而我合同到期后也不知道何去何从,实在帮不到什么。但无论如何,我没吃过他那样的苦,我说你要让你小孩好好读书,将来可以多一点机会。他说大的那个考全校第一,小的那个全校第三。真好啊,有两个懂事又上进的小孩。

他说十多岁是性格形成的时候,希望自己能留在孩子身边,听得人有些难过。我想如果他能陪着小孩子长大,相信孩子们将来是会像他们爸爸一样有一副好脾气。但其实牛跃峰小的时候父母经常吵架,父亲性情激烈,母亲说话不知把握分寸,经常是在座的人听得脸色已经不对劲了,还是不知停顿,父亲劝也劝不住,等人一走,两人就要大打出手。他说，父亲追着母亲满街跑。我问这样不担心街坊邻居笑话吗，他说，笑什么，在我们那里，夫妻打架是很正常的事。大人们顾着吵架，好心的邻居给他一颗糖，他在边上看着，觉得很孤单。他在那时候就想，如果将来有了自己的家庭，尽量不当着孩子的面和老婆吵架。

有时我带了相机，帮他拍几张照片，大多是背影。他说天那么黑，有什么好拍的。他不明白，我和他是一样的人，我能在他身上能看到自己的影子，算是一个心理上的投射，有一种心里的寂寞终于被人知道了的释然。

天上很大月亮，人家屋后天上很厚的白云，月光照得发亮，夜空是许多星，一架飞机腾空飞起。

很快，我的合同就要到期了，朋友李水南过来岛上玩，到时正好可以和我一起回国。牛跃峰看他想摘树上高处的椰子而不得法，第二天清早便送来一根长的钩子，想到他这么努力地为我这个萍水相逢的朋友做点什么，不由觉得十分感动。

走前一个晚上，他来住处最后坐了一次，后来我和李水南送他回去，到路口，望见天上一轮满月，我说我们再站一会儿，多看几眼今晚的月亮，人生有太多离别，希望往后能记住这样的夜晚，然后站在原地，目送他走，他走到树下，再回头看，大概是太黑，没见着我们，再过一会儿，连他的脚步声也听不到了。

一晃就是好几年，我没能再去见一次牛跃峰，在微信上，偶尔知道一点他的踪迹，回国继续钻了一段时间井，找出国的工作，被中介骗了几千块，在驴肉店做过一段时间学徒，他回复的速度越来越慢，频率越来越低，大概是深陷生活的淤泥无法动弹。

我想起来，在岛上我们还一起去爬过一次山，山顶很大风，暮色渐浓，细腻海面仿佛小时候大人穿的妮子风衣，涩涩的幽幽深蓝，密的纹。海上难得地停了一艘船，远远黄色船灯融化成一团月，藏在木麻黄后。牛跃峰和他的老婆孩子视频，听见电话那头大人小孩齐的一声哇。

我走后，他一个人又去爬了一次那座山，发了照片给我，草还是那么绿，天依然蓝得纯粹，他告诉我原先我住处外面那排高的椰子树已经被人砍掉了，让我感到意外的是，有天他发来一张日落，说是跟我学的。原来以前一起散步时，我和他讲过拍照要做怎样的取舍，他可能又常刷到我朋友圈，明白了其中的思路，所以当我看到那张日落时，仿佛就是我自己站在那里拍的。

2020 年 3 月 21 日于宁乡

海上的船

牛跃峰

董哥

坐了一天一夜飞机,平安到达库克群岛。

此时已是半夜,机场大厅有老人家弹尤克里里,背景乐里密密麻麻的鼓点敲着。我拿了行李,望见玻璃窗外董哥手扣在眉毛处往里看。董哥是我上司,才入职时,对他抱有一点想象,他的朋友圈只有几张风景照,很沉稳的样子。来库克前,我在乡下养殖场待过半年多,明白一个人生活的寂寞,想着我们应当会有很多话讲。然而之后办出国手续,在微信上沟通过几次,发现他一切围绕工作,如果问一点生活上的事,比如那边有没有辣椒,要不要带毛衣,他就说你把问题汇总到一张纸上,我统一答复。渐渐地我明白他的职业内容,心里有点害怕,但仍然安慰自己,岛上就我们两个人做事,接下来两年的相处,总会慢慢熟悉彼此。

董哥见到我,问辛苦不辛苦,我说不辛苦,告诉他带过来的卫星电话被扣在海关,要缴税,我对这些一无所知,他说,别担心,他来处理。车子出机场,有人在玻璃亭收停车费,董哥对那人客气地说 Kia orana,从车上摸到一个三角形硬币递过去。我问他 Kia orana 是什么意思,他说岛上毛利语"你好"的意思。虽然只是几句简单对话,听得出他说英文时的松弛,绝没有跟我说话时的距离感。我隐约觉得,他可能不是表面看上去的那么冷漠,是可以接近的，只是需要一点时间。

车子拐进小道，轮胎贴着沙土，发出松软声音，人跟着车身仿佛也软绵绵地耷拉下去。路两旁篱笆木长得高，月色下是人家屋顶上幽幽发白的光，再拐两个弯，一栋亮了灯的房子出现在眼前，那便是公司基地。推开玻璃门，放好行李，出来客厅，董哥准备了晚饭，有砂锅焖的猪脚、豆腐和可乐鸡翅，转机时吃甜的方便面，飞机上又是冰冷的三明治，再看到这些熟悉食物，我有点放心，以后应该不需要过分担心想家的事。

吃饭时，董哥说他是两年前的这天到的，一待就是两年。时间上的相似，让我体会到一点命运的巧合，暗暗想两年后如果自己能像董哥一样独当一面就好了。吃过晚饭，回房间躺着，因为不知道外面长什么样，在岛上的第一夜，我没有体会到背井离乡的凄凉感。

早上醒来，窗外鸟叫声不停，拉开窗帘，篱笆木缝隙里看过去是人家的菜地，远处是绿的山，拐角处一棵椰子树，椰子没人摘，落在地上，沤得发黑。董哥煎了几块面包做早饭，我才知道原来面包可以裹着鸡蛋煎来吃，这样的确松软很多。这天我们出去买了日用品，办了手机卡，回来一起打扫卫生，董哥清理厨房，我把门口桌子刷干净，院子里三棵辣椒树，长得比人高，每天有鸟啄，桌子上鸟粪里都是辣椒籽。我把桌子冲干净，做了一小瓶辣椒酱。房子里放着音乐，周围鸟叫声，母鸡咕咕叫，如果不是看隔壁的外国人出入，恍恍惚惚以为是在湖南乡下的老家。上班第一天，我们就做了这些事情，我问董哥没有别的什么工作吗,他说没船来的时候就这样。

后面几天的相处,越来越感受到我们之间的差距来,董哥做事细心,但确实不太会鼓励人,总是冷冰冰的样子。我努力想表现好一点,但在报账这么简单的事情上就犯了错,被他指出来,我感到难为情,担心他认为我是做事敷衍的人。问他不懂的地方,他说:"之前不是说过一次吗,怎么还问?"这也让我尴尬。前面他的确讲过很多,带我去见各个政府部门的人,又让我看渔业方面的政策,讲渔船进出关的报备,等等,听的时候仿佛是明白了,但真正做起来又无从下手,被他这么说过一次后,往后他交代什么事情,我就写在本子上,一样一样去完成并打勾。有天他问:"你怎么什么都写下来?我很少写。"我说,写下来不容易忘记。为了得到他的肯定,每天的神经都很紧绷。

董哥和我不是一类人,有天晚上一起看一个电影,是我带来的一个文艺片,看着看着,他骂主人公作为一个成年人,不好好做事,整天沉在过去阴影里,真想扇她几个耳光,听得我胆战心惊。他看我有相机,问是不是想拍特别的东西,我说好像只是想拍一拍生活里的琐碎,觉得好看可以怡情就足够了。董哥说,生活有什么好拍的。这是我们的分歧所在,可能也是我和大部分人的分歧所在。这让我担心,因为我爱说话,说得越多,得到的否定就会越多。

"你怎么上着上着班又去考研了?"吃早饭时他一边抹草莓酱一边漫不经心地问。真是难得,他主动问我话了,以为他会看到上进的我，然而听到我说有一半时间在乡下做养殖实验时，他说："你这个研究生很水嘛。"

我们每天轮流做饭，他做饭那天，我看闲着也是闲着，帮忙收拾桌子洗洗碗。他说，你不要帮忙，你做的时候我不会帮你。

渔船下个星期进港，董哥让我学会开车。我问，一个星期会不会有点赶？他说，你不是有驾照？我说是六年前考的，还没上过路。他说，哦，那你驾照也是水的。

练了半个钟头车，董哥说："可以开回去了吧？"

"我试试。"

"喂喂，你往哪里开？靠左啊！"

"啊，难道这不是左边？"

"你左右不分啊？"

"分，可能太紧张了。"

"你这个车子啊，不能时快时慢，不然坐的人多难受。"

"好的，我尽量。"

白天练了车，晚上继续练，董哥还是不停地挑错，我终于忍不住了，说："董哥，你是不是不喜欢我？你不喜欢你直接讲，我慢慢改。"

"没有啊，你挺好的。"

"是，我知道你做事细致，我也渴望自己可以像你一样厉害，但我可能天分不够，虽然很努力在做，可总是做不到你那么好，你可不可以对我不要那么严厉？"

"严厉？我有吗？你一切都很好，肯问，学得也快。"

"是吗？你真的觉得我好，你要告诉我，你不告诉我我怎么知道我很好？"

"那可能是我性格的问题，我一早就告诉过你我是个非常无聊的人。另外啊，你要搞清楚，我们是同事，是因为工作才在一起，我们不是朋友。"

"我当然知道我们不是朋友，你看，我原本多么活泼，头几天讲不完的话，现在我一句话没有了，我也在很努力营造专业的同事关系。"

"喂喂喂，车往哪里开？"

差点开到沟里去了，我的情绪有点激动。

这次说过之后，董哥可能意识到对我的确是太过严厉和冷漠，第一天在码头干活，他看我整张脸晒得鲜红，说："你要不经晒，就戴顶帽子，要不抹防晒霜。"我说："哦，谢谢你关心，这点晒不怕的。"结果晚上额头灼烧般疼，第二天就开始脱皮了。

忙完渔船的事，他去斐济出差了一段时间，我一个人留在岛上，做饭、拍照、写文章、交新朋友，除日常汇报工作，一句多余的话也不说。他有天忽然问："要不要从斐济带点东西给你？"

他从斐济回来，给我带了几罐老干妈、几包泡面，我很感动。过两天，他忽然说要回国任职了，以后只有我一个人在岛上。我其实有点预感他会走，但没想到会这么快，想着不多久就不在同一个屋檐下工作和生活，吃饭时没忍住又跟他说了这段时间的想法。

"董哥，虽然我怕你，你在这里的每一天我都提心吊胆，生怕事情做不好，你不在，我自由自在，这一个月忙东忙西，甚至都没有真正感受到那种离家两万里的痛苦，但担心你回去以后没人跟我再讲中文，恐怕会陷入那种无边的痛苦里。"

"嗯？你在说什么？我不是很懂你的心情。我没有过。"

"哈哈，我讲笑的，你走了好。"

"你在这里，每天能按时吃饭就很好了。"

"嗯。"

"有时候也要出去走走。"

"你不在的时候我出去走了。"

"哦？去哪里了？"

"我交了新朋友，渔业局的米尔达和瑞贝卡。"

"哦，米尔达是渔业局的头，多跟她们来往蛮好，有机会请她们来家里吃饭。"

"已经请过一次了！"

"有空跑跑步，我有健身卡，等我走了，你拿去用，可以用到明年五月。"

健身房在机场附近，只有几分钟车程。没有守门的人，董哥说没人管，你跟着进去就是。我站在跑步机上，一脸茫然，董哥问我是不是没进过健身房，我说是的。他于是教我怎么开机、调速，在我跑稳后才去拉皮划艇。每天我跑十圈，拉一千米皮划艇，大概半个钟头，浑身大汗，身上一团温暖热气。我有个感觉，现在二十七岁的自己比十七岁的时候快乐好多了啊。运动完，洗把脸，在外面吹风,隔壁教堂有的晚上有人弹琴唱歌,还有和声,我坐在外面长椅上听着,看眼前晚霞和潮水,很快风吹干脸上汗珠,等衣服上汗干得差不多董哥也出来了,他体力比我好,说曾经跑过半程马拉松。

车往西开,看见最后的落日。空旷天空蓝得透明,偶有几处积云,披着粉红霞光,落到地平线一带不同颜色堆积。董哥让我靠边停车,他往沙滩跑,站着蹲着拍了不少照片,我在高处等。

回家后我做饭,剩菜放在微波炉里热一热,早几天为建筑队一位领导饯行,做一桌子菜,满满一锅饭,除金枪鱼外,其余菜吃得非常少,饭没人动。我不想再做菜,不过董哥比我讲究,坚持多做一样新的。吃饭时依旧默默无语。我看了看手机,看到他发了条朋友圈(他很少发),正是刚才的落日,写了五个字:其实不想走。

这是他在库克的第二年。他在这行有六年了,最早在斐济,后来斐济基地撤了,才来了库克。库克的上司带他不到一个月辞职了,此后他一人守在基地,打理好政府部门关系,方便渔船过来顺利转载。他学的渔业,一开始英文不算好,但现在他可以自如地和当地人沟通。我是英语专业的毕业生,知道一个人在成年后学好一门外语的难,后来读研时被分在遥远的乡下待了七个月,更是明白一个人独处的不易。董哥能熬过来,工作上也很出色,我的确敬佩他。

现在老板赏识他,让他回去,照理说苦日子熬到头,应当要开心,但他似乎也有一点忧虑。国外人际关系简单,没渔船过来转载的日子基本就是度假,这里渔船一年来最多不过五次,一次最长不过半个月,习惯这边悠闲的工作节奏后,回去在别人眼皮底下做事多少会有束缚。即便不论这些,待过两年的地方说走就走总是会有点舍不得。我忽然又想和他说说话。

说什么呢?就斗胆说说跑完步那一瞬间的感受。说这些东西有多危险我自然清楚,细微的快乐不容易得到他的理解。果然,我们在十七岁这个概念上就起了冲突。他说你十七岁正好是高三吧,高三每天忙着做试卷,哪有什么快乐不快乐可言?我说十七岁只不过是少年时代的一个借指,然而这个解释并没有让我们的对话更顺利一点。我想表达的是我们这一代人好像都在过早地怀念少年时代的自己,怀念那个时候的自由自在,而我不是,我在少年时代茫然且不受欢迎,过得灰暗无比,虽然现在仍然不受欢迎,但好在清楚地知道自己是谁。只是这点意思我可能没准确表达出去,又或者是董哥没能明白,他又开始数落我性格上的缺陷。我想,话说到这里打住吧,由他说,不作任何辩解了。

过一会儿,他忽然抬头说:"看,跟别人说真话容易呛到吧。"

"我知道,每次跟你说话都会是这个结果。"我小声说。

"那你还说?"

"因为我看你刚才那条状态,忍不住想跟你说说话。如果在国内,我可以像你一样,保持很好的上下级关系,因为下班就不要再见，但现在我们住一起，你可以清楚地和我划清界限，但我做不到，我会想要对你好一点，做饭、洗碗、打扫卫生，当然，你可能并不需要这些，但这就是我啊。"

"我虽然不喜欢好为人师，但听你这么一讲，还是说一说，你这个性格啊，真的太不利于在职场生存了。"

"这个我当然也知道，所以我对自己要求不高，我不指望得到多大的重用，做好眼下的事情就足够了，而且于我而言，工作只是人生的一小部分，相比晋升、挣更多的钱，我更在珍惜内心那一点柔软的东西。"

然后他又说了我一通。

我说："董哥，我在你面前示弱，是因为敬佩你，信任你。如果你做事敷衍，这种同事之间的相处之道讲都不要你讲，我早躲得远远的了。虽然说这样的话无济于事，但还是说一说，你不用把我想得那么糟糕，这边的工作我可以做好，你放心。"

他看我情绪比较激动，没有再继续数落，倒是说了句："我这些年好像可能麻木了，没有那种要和人说真心话的想法了。"

我终于吃完最后一口饭，要去洗碗，他抢了过来。

董哥回国后，在微信上指导我做事，半年多来，他交待的事我都顺利完成，他对我态度好了很多。有天他说要和另一个领导来出差，我在他们来的前两天把几间房收拾好，准备菜，想到接下来的朝夕相处，终于还是在领导来的前一天紧张得发烧了。这紧张仿佛是一个预兆，之后的相处，果然在大事小事上得到不少"指点"，连我清早爬起来熬的骨头粥也未能幸免。人和人之间的沟壑之大，我并不抱什么乐观想法，只想这段日子快点过去以恢复往日清净。

然而事情并没有变得顺利一点，过了两天，董哥说X老师也要来库克。X老师是什么人呢，几个月前，豆瓣首页推荐我的文章，她看到了，给我写豆邮，说是董哥的好朋友，之前也经常来库克度假，我一听是董哥朋友，又曾在我毕业的学校执教，于是互加了微信。

一开始大家聊得很愉快，她问我要过几次海参，我没放在心上。有中国人来库克，捉了上千海参在酒店里处理，准备晒干带回国，因为气味太大，被人举报，最后被警察抓起来，带去渔业局，我被喊过去做翻译，处理结果是没收所有海参，驱逐出境。后来报纸上头版头条报道了此事，那几天，我去哪里，都有人问这事，我感到很尴尬，好像我也是贪婪的一个，但实际上我根本不吃海参。而X老师一再问我要海参，说是她一个学生在库克旅游，想让我送一些过去，又提及她上次来库克，董哥给她打包了金枪鱼，不知道我现在还能不能拿，但她其实超想要的是海参，但我又说没有。

我看到这个有点不高兴，但仍然忍住脾气，说："最近没船来卸鱼，鱼是真没有，但冰冻海参有几个，是之前朋友送的，我一直没吃，要不给您学生送过去？"结果她嫌弃是冰冻的怕半路化了，然后可能是看我实在不开窍，又提她这位学生现在官职不低，让我们有空聊聊，没准将来有啥机会。

听到这里,我实在是忍不住了,说:"X老师,是这样,我交朋友,不是为了有啥机会,这个有必要说清楚。另外您三番两次问我要海参,我的确是没有,现在愿意将朋友送给我的转手送给您学生,您又担心化了,还要一再提董哥对您是如何好,是什么意思?觉得我没有董哥好?但我为什么要这么好?我们甚至都没见过。"

她没料到遇到了一个不懂人情的我吧,有点措手不及,开始诉苦,说是我想多了,她对这一行的感情之深,自作多情把大家都当了自家人,她是简单的人,没我这么多心眼。竟然说我心眼多了,也是五十多岁受过高等教育的人,我一句多余的话也懒得再说,把她拉黑了。

放下手机,我气得手都在发抖,实在不敢相信董哥怎么会有这样糟糕的朋友,跟他大概说了下,董哥说的确是她要得不该,别生气。

原本以为拉黑就会从此在生命里消失的人,竟然要来我们公司做事了,而且职位比我高。董哥最开始只是试探我的语气,我斩钉截铁地说不同意她住过来,董哥说好,那就让她住酒店,但真正来的那天,董哥又改口了,说她来出差,明明基地有房间,让她住酒店,另一个领导知道了不好,让我委屈下。

我很生气,我这么骄傲的人,怎么可能委屈自己和看不上的人生活在一个屋檐下,还要做饭给她吃。但我没有办法,在岛上没有任何朋友,身上那一点零用钱也不够住外面酒店,一个人走了出去,坐在海边石头上发愁。我想辞职，可才来半年多，很多事情还没学会，这样跑回去，又怎么再找工作呢？想到自己的无能，觉得伤心极了。

不知过了多久，董哥打来电话，问我在哪里，我说在黑石，他说："好，你不要走，我过来和你谈谈。"

董哥说："刘敏，我真是无法理解，这算什么事？在工作上，我们要职业一点，个人情绪收一收。"

我说："董哥，你说的我怎么不知道呢，现在我这样做，的确是很容易被人认为小孩子气，但你知道吗？我不是孩子气，而是非常清楚知道自己是怎样的人，你看，我就要二十八岁了，别的同学结婚生孩子，挣很多的钱，我什么都没有，背井离乡，逃到这几万里之外的岛上工作，是为了保护自己。这些年工作得不顺利，因为我不低头，父母提出要托人给我介绍工作我也拒绝，因为不舍得看他们求人为难的样子，所以到现在，哪怕一无所有，心里仍是骄傲的。这些年我都在很努力很努力保护心里那一点柔软或称得上正直的东西，可是你看，即便躲到这遥远小岛，依然避不开那些自以为是的人，我现在没有任何办法了啊，我保护不了自己了啊。"说到这里，我忍不住哭了起来。

沉默一会儿，董哥拍了拍我肩膀，说："对不起，我不知道这件事情对你冲击那么大，也没考虑过你的骄傲，只是从职场的角度劝你，是我的疏忽，对不起，这样，我还是不让她住过来。"

看董哥起身，快要走到球场后面的篱笆木后了，忽然不知哪里来的一股力量，我冲到他背后，仿佛什么事情也没发生过，轻松地说："董哥，没事，你让她住过来。"

董哥说："你没事了？"

"没事了，我很谢谢你没像其他我见过的自以为是的人那样揪着我的不懂事不放，你有很好的同理心，我需要的就是这一点点理解，你看见了我，工作上受委屈没关系的，就当是演场戏。"

董哥仍然不肯相信的样子，说没关系，他有办法，我说真没事。

口里说得轻松，白天保持微笑给他们做饭，晚上回到房间还是会不争气地哭，觉得是自己不学无术才这样被人践踏，如果本身能力好一点，也许就不要受这样的气。

这位老师待了半个多月，每天在饭桌上发表高见，有天她出去了，另一位领导没忍住，说："哎，说得自己什么都不在乎似的，五十多岁了还背井离乡出来挣这辛苦钱？一面说平常吃点野草野菜就满足，一面又要炫耀这里的人请她住星级酒店吃什么高级食物。"

我感到一点如释重负，大家知道她是怎样的人就可以了。

这一年，和董哥一起经历了更多的事情，工作上董哥甚至会问我的意见，能被他包容并信任着，是我目前为止在职场上走得最远的一次。到第二年这个时候，董哥又来库克出差，这时我已经比较清楚自己在公司的位置，也深知受自身能力和性格的影响，无法走得更远，当然最重要的是岛上生活寂寞，我无法再忍受下一个漫长的两年。我想，和董哥共事就到此为止了。

董哥从机场出来，他以前表情很奇怪的，明明是笑着，但让人感觉陌生，这次有点像朋友之间的笑了。他说还没吃饭，怕麻烦我，说吃面就好，我说还有饭，炒了黄瓜培根，一个煎蛋。他一边跟老板讲电话，一边很小声地吃着，菜都吃完了，饭吃得很少。我让他吃完把碗放在那里，他还是自己洗了。

去渔业局开会，记得才来库克时听他和秘书长聊天，我听着云里雾里，现在感觉大部分能听懂了。说怎么区分MSC渔获，又讲不同水域的主要捕捞鱼种，他好像无所不知，在专业上，我还是离他好远好远。

晚上建筑公司的刘总请大家在外面吃饭，我们很早就去了餐厅，孔子学院的王老师因上课晚还没到，董哥趁这个时候去外面转了转，回来说Wigmore旁边的炸薯条好吃。想必以前他一个人在这里上班时经常去这个地方吃东西，故地重游也是寂寞的吧。吃饭、聊天，到九点多才结束。他问我接下来有什么打算，我说还没想好。他说你合同到期前两个月告诉一声。其实我心里已经有打算了。

第二天原本他要去移民局更新工作签，我一点钟去敲门，他没应，两点又去敲一次，还是没应。我出去买了趟报纸，回来他还没醒，我想着明天再去也来得及，就不再喊他。他四点钟的样子从房间出来，我没什么事情好做，就把鱼皮花生里挑出来的杏仁和腰果炒一炒，准备碾碎放玻璃瓶里哪天蒸肉吃。他过来，伸手往锅里捏了颗吃，怕烫的样子。他开玩笑说你可以去开个餐馆嘛。我说哪有本事开餐馆，是在岛上无聊，除了做吃的，不知道怎么打发时间。他说你才来的时候不是感觉挺好，现在也觉得无聊了？我说有时候会的，无聊得要死，不知道你先前一个人在这里两年怎么熬过来的。他说他也没一直在这里，经常去各个地方出差。

后面说起我去外岛出差住鬼屋的事，他问，那你一个人住这里不怕？我说怕的，才来不久你就去斐济出差，有天有个人准备进来偷东西，被我发现了，虽然人被吓跑了，我心里担忧，但不敢跟你讲，才跟你打交道的时候你很严肃，我要是说胆小这种话恐怕要被你看轻的吧。董哥就笑，说其实他也胆小，看了恐怖片，连厕所都不敢上。

说时，我又把晚上的菜准备好了，一样蒸腊肉，一样豆角炒蛋，一样炸鱼块。炸鱼块我做得还算好看的，撒一点青椒末，再挤上沙拉酱和番茄酱。他一看，讲："哇噻，你现在简直了啊。"我说一个人晚上看电影，看到里面的人炸了这些，就学样做，其实鱼块都是买的现成的，只要酱搭配得好就行，很简单。

吃过饭，放了个纪录片给他看，片子不长，他其实也没认真看，大多时候在看手机，时不时抬头看一眼，问怎么回事，我就解释给他听。

周末董哥起得比较晚。篱笆外的杂草长得很深，里面是一片芭蕉林，我在外面绕着看了看，有一串芭蕉快熟了，圆滚滚的样子，于是回屋拿刀去砍。董哥见我砍了芭蕉，过来接，我说草深，你在外面等着。芭蕉砍了提出来，我又进去掐了几手南瓜藤，很久没吃过了，岛上蔬菜种类少，换换口味。

吃过夜饭，我说出去走一走，他来了三四天，除了工作，每天也是缩在屋里。记得去年他来出差，还开着车出去见这个见那个，今年好像没什么朋友要见的了似的。走到 Sea Wall，今年下过几场大雨，把沙子冲走了很多，路面便往回退了不少，走到这里不过三两分钟，感觉不算真正的散步，但还能去哪里呢？往回走。董哥手里抓了一条凤凰木的果条，像刀豆一样，用来防狗。然而这天的狗格外安静，董哥便拿着这根果条左右抽打路边树叶。他以前小男孩的时候，放学路上也是这个模样吧。

董哥问我捕捞证的事情有没有对策，我没什么对策，董哥一时半会儿也没招，于是喊我一起去改签机票，说在岛上等等再找机会和总理聊一下。到半夜，国内又在找他说捕捞证的事，他都回房间休息了，感觉他真是不容易。

第二天，董哥出去见朋友，忽然给我发来一条微信，说领导问什么事，都由他来答复。我觉得有点感动，因为之前有什么事，这位领导都是复制粘贴问我们两个，我是董哥的下属，我的理解是，先向直属上司汇报，再由他继续向上汇报，因为每个人的理解能力和表达能力方面的差异，越级汇报可能会出现偏差，而董哥事情多，有时忘记回复。有天我跟董哥吐苦水，说自己夹在中间难做，他说我考虑得太多了，但今晚其实这位领导并没有将问题复制粘贴给我，但他以为又问我了，怕我为难，就发了这样一条消息过来。

在董哥的努力下，捕捞证终于有了眉目，我们熬夜准备好了几十艘船的申请材料。过两天，我们又一起去看加工厂，加工厂在便利店后面，没想到这小小岛上还有这样大的车间，快两年了，我是第一次来。董哥跟人谈事情，我跟在后面，记得才来的时候无论董哥跟别人聊什么，我都认真听，因为我知道将来如果一个人在这里，凡事要靠自己，董哥是如何思考的，是如何和人周旋的，学会了，到自己做才不会手忙脚乱。

事情做好，董哥再待几天就要走了，有天早上天还不亮，听见车子响，过了不知道多久，董哥又回来睡觉，车上放着几包方便面、一打鸡蛋，还有两盒三明治肉，我想他大概是出去看日出了。还有天中午，我做了饭，董哥没起来，我随便吃一口，躺在床上，半睡半醒，听见董哥开车出去，傍晚还不见他回来，于是换了鞋出去跑步，跑到黑石，见董哥的车子停在那儿，人坐在里面看手机。我没有喊他，他来这么久，每天都很无聊，工作的事情也让他头疼。我有点难过，就是大家都很寂寞，但彼此性格差异太大，无法说更多的话。

做了二十多天的菜，我早就做不出什么新鲜菜式了，我问董哥："明天你要走了，除了猪脚，还有什么特别想吃的吗？"

他说："没有了，你不要那么刻意。"

"也不是刻意，我们家那边是这样，人回来要做好吃的，人要走了，也要做好吃的。"

董哥于是笑，像是明白了似的，说："是迎来送往吧。"

我说是的。

现在我辞职快一年了，董哥和我就像其他大多数的同事一样，不再联系，从彼此生活中飞快消失，直到有天忽然接到董哥电话。问公司横幅放哪儿了，原来又到库克国庆节，公司要赞助一笔费用，我说横幅还在文化部，去年拆下来他们说收起来了，我去问过一次，他们说一时半会儿找不到，后来没多久我回国，就没再管。董哥还是老样子，说好的，谢谢，挂了电话。

虽然董哥已不再是我上司，但和他说话还是会有才认识他那时的紧张感，觉得自己没把事情做好给他添了麻烦。但奇怪的是我似乎喜欢这样紧张的感觉，觉得他还是我的上司，而且很奇妙的是，现在我和人聊天，一边说话，一边两手握拳，身体前倾，然后两拳轻击桌面，又或是一边讲话，一只手掌推着桌子边缘，另一只手掌轻拍桌面，不都是董哥和人说话时的样子？我好像是已经潜移默化学到了他很多东西，包括写邮件、思考、用词，都有他的影子。

想起才到库克，学车那天晚上我对他表达不满，他说他是无聊的人，其实在他说出这句话时我就知道他并不是真的无聊，真正无聊的往往是那些自以为有趣的人。我为自己当年所做的决定感到骄傲，在遥远的岛上两年，遇到了董哥这样正直又懂得关心下属的好前辈。

2018 年 7 月 23 日于宁乡

董哥在厨房

其实不想走

谢谢你来看我

那时我在岛上工作,基地只有我一个人,常常在快要天黑的空荡房子里不知怎么办,对着空气说一会儿话,然而还是无措,只好打电话跟李水南讲讲话。我不敢跟其他人说,大部分人在情感方面也很愚钝,知道别人过得不好,要不特别担心,要不说一番大道理,要我更勇敢一点,但我不需要那些,我只是没有办法,希望有人可以听我说说话,试着体会我一个人在那样情景下可能的遭遇。李水南原本虽是木讷,后来跟我做了那么多年朋友,逐渐明白了怎么做一个好的倾听者,我跟他说话的时候不用担心什么,他不会审判我,也不会给我这样或那样的建议。

后来我说,要不你来库克看看?李水南没出过国,像我们这样没什么作为的人,又都十分节俭,似乎不会专门为了玩一趟而跑出国。但出国总是新鲜的,李水南听我这么说,动了心。只是在岛上的第一年,我并没有真的把这个事情放在心上,毕竟我是那种轻易就会被工作占据的人,如果不能很好地协调工作和生活,他来了,不过是看我每天为工作而焦虑,我也不会有力气带他出去玩。到第二年,在岛上勉强算站稳了脚,知道工作上要怎么和人周旋,但在那么一个小小的岛上住得实在是恶心了,合同期还有那么长,如果有朋友来看我两天,又走了,我可能无法面对以后漫长的时间黑洞,于是说要不在我合同期快要结束的时候再来，这样我们可以一起回家。

关于一起回家，我还有一个私心，那时我写了一些文章，其中有一个"去哪里"系列，写和家里人一起去远方亲戚家拜年、和师兄坐船过海湾去找养殖户、和朋友去外省探监此类的事，这里面有对未知事物的探索和好奇，也有人与人在路途中展示出来的和平常生活中不一样的性情，让人感到珍惜和忧愁。李水南出国是什么样子呢？虽然他没出过远门，但在做事情的逻辑上一如既往表现出很好的独立性，他罗列出几种转机方案，上网查怎么办签证，只在填写申请表时因为看不懂英文才问我几句。在做朋友这件事情上，他懂得不去无意义地消耗别人，拥有主动去解决问题的能力。这样普通又不普通的他，我想写下来。

他来的那天，我早上去买菜，看见潟湖很好的颜色，从树木空隙处望过去，像翡翠一样绿，只是这颜色我看了两年看腻了，但想着李水南看到这么干净的水一定会啧啧称奇。跑了岛上三家超市，蔬菜和肉七七八八买一些，虽然对做饭也早已疲惫，翻来覆去就那几样菜，但朋友来了，还是要打起精神招待，比如烟熏的青口或三文鱼这些，想给他尝一尝。

回来扫地，洗车，做了蛋糕。两点多钟听见飞机降落，把蛋糕脱模，又煮了饭再出的门。没想到等他出来，又是一个小时过去了。他猛地喊我一声，感叹着坐了那么远的飞机。我被他带着走，到外面，才记起买的栀子花环还没给他戴上，再戴上时，那个氛围已经没有了。我问海关没有查鱼尾巴吗,他说:"没,他们打开箱子,问有没有吃的,我点头,再问是什么,我答不上来,他们于是捡起香干来,闻一闻,就放我出来了,底下的鱼尾巴都没看见。"

吃了晚饭,他说要去外面走一走。刚到海边,天上来一架飞机。我说快跑,到飞机下方看。他犹豫着,因为我刚才还跟他讲有人站太近被气流喷走了。我喊不要怕,是小飞机。他见我跑过去,终于也兴冲冲地跟过来,两个人趴在水泥墙,明明故意站偏一点的,哪个晓得飞机也飞偏了。我又大喊,快跑,可人哪里跑得过飞机,李水南不动,我吓得抱头蹲下去,飞机就在头上稳稳当当降落了下去。两个人哈哈大笑起来。

回来的路上我想,这两年来,都是我一个人散步,到了外面,也不会说一句话,更不会像年轻人一样跑去离飞机降落那么近的地方去看一看,而现在的我,总算是一个年轻人应该有的样子了。觉得很不容易,像是走过漫长的独木桥,桥下是万丈深渊,终于还是走了过来。

李水南说这里空气好,我们可以跑十公里,在此之前的半年多,我虽然跑过步,但最多不过是跑个三公里,一想到第二天要跑那么远,晚上就这里痛那里痛处处都是不能跑的症状,他于是笑我的胆小和懒惰。第二天早上七点他来敲我房间的门,说只跑六公里。我之前跑步的技巧都是他教的,比如如何在每一次呼气时落在不同的膝盖上,这样不容易压迫同一个膝盖。这是第一次真正跟他跑,他步幅小,只是频率较高,这样跑仿佛是玩一样的,不觉得累，我们跑过黑石，再一路到迷你高尔夫场才往内环拐回来。那会儿是四公里，我的背有点痛，身体里像有一个气泡，这里拱，那里拱，很不舒服，但因为步幅不大，总觉得是在慢跑，最后总算坚持跑完了全程。如果不是他，我可能在四公里的地方就放弃了。他说他十公里以内随便跑，没有累的感觉。也是的，一年多的时间里，他跑了很远很远，从七十五公斤瘦到了六十公斤。

有天早上起来，不见李水南人，看见他的留言，原来是出去跑环岛了，他说是顺时针跑的，让我过两个小时逆时针再去找他。我开车出去，在 Wigmore 见到了他，他把手里空瓶子递过来，说没水喝了。他跑这么远，就只有住处灌的一瓶水，教人不忍心，我马上去超市买水和面包给他。他继续跑，我开车在前面等，再见到我时，他说面包是豆沙的，好吃。等跑到三十公里，他说跑不动了，我讲那怎么办？坐车吗？只有一两公里就跑完了，不会感到遗憾吗？他说有时有点遗憾也不是坏事。

有朋友在一起真是很好，我在岛上两年，经常做一个相同的噩梦：困在岛上，走不出去，在屋里走来走去，仿佛一秒也熬不下去了。吓醒来后，我从房间出去，看见李水南躺在沙发上看电视，拉开窗帘，一阵凉风吹来，这样的梦我在这里不知做了多少次，只有这次醒来，房间里真的有人在。

在岛上的几天，我去渔业局办事，去邮局拿对账单，去电力局交电费，去房东那交房租，去银行取钱，去旅行社订机票，去超市买东西，去中土吃饭，去 DHL 寄快递，去码头跟货运公司的朋友告别，去星期六的集市，他都和我一起。去 Hash 那天我还特地编了几个借口，说他走近路，让他接受"惩罚"，珍妮把马桶盖套在他脖子上，几个人接受惩罚的人一口闷一支啤酒，他虽然听不懂英文，但笑呵呵的，算是"融入"了当地生活。

最后一天，我们去 Muri 海滩，那会潟湖退潮，露出礁石，李水南穿拖鞋，我讲你去潟湖边看看真正的海浪，我在这边等。见他到了最外面的小岛，上岸，左右跳着往前跑，越来越小，忽然心里生出一股力量，虽然穿的是布鞋，也往水里踩，追了很久，在远的潟湖边缘看见他往回走。我过去，喊，怎么不多看一会儿？他说，海浪好大，怕呢。太阳消失在山后，眼前仿佛一座荒漠星球。

那是我在库克的最后一个傍晚。回来的车上，他坐在副驾驶，我说："多亏你来，你在这儿，知道我每天做了怎样的事，见了怎样的人，去了怎样的地方。很多年后，当我们再回忆这个地方，所有痛苦的可能都会忘记，但会记得和你走在海边的这个黄昏，谢谢你来看我。"

2019 年 3 月 26 日于宁乡

李水南

再见，荒漠星球

在超市

在库克群岛的最后一天

附 录

岛民吃什么

才去岛上，几乎天天哭，因为董哥真的太凶了。大家想一下，我一个刚刚毕业的神经本来就十分脆弱的年轻人，来到几万里外一个举目无亲的小岛国家，渴望有一位善解人意的同事，这样的要求也不算很过分是不是？

我日记里写道："今天是在岛上的第七天，我又哭了。真是爱哭啊！这个星期只有昨天没有哭，因为昨天做出了全南太平洋地区最好吃的芋头排骨煲。"

那时我敢说自己做的芋头全南太平洋第一，也是拜董哥所赐。他说："这里的人从树上下来不过几百年，能做得出什么好吃的东西。"现在回想起来，不苟言笑的董哥，其实也在努力舒缓紧绷的气氛。

董哥走之前，带我去码头的货运公司，介绍我和大家认识，去时大家正喝下午茶，一只烤鸡，一个甜得令人发指的蛋糕。蛋糕用材扎实，吃一小块就饱得不行。

想想也是好笑，我在岛上工作两年，一次货运也没走过，倒是经常去货运办公室和大家谈心。办公室里几位大姐，为头的那位叫Maru，她有两个手下，一个叫Ang，一个叫May。Maru是我的知心大姐，听我说想家的事情时，眉头紧蹙，嘴唇微戳，一副感同身受的样子。May和Ang神经大条一点，我和她们就不谈心，只说一些好玩的事。

后来我辞职回家了，董哥又回了小岛，他说货运办公室的人还在问我近况，董哥说她们对我有着真挚的热情。其实那时我在岛上，她们也经常在我面前问起董哥，这样人物一转换，觉得一切是多么惊人的相似，被遥远地方的人惦记着让人感动。

我知道 Maru 想我，是因为我的"健谈"，我能细致地描述人的情感，可能有的部分触动到了她，让她觉得我是个挺懂事的人。Maru 那时还带我去 Quiz Night，只是碍于语言的不便，我没办法用英文玩益智游戏，后来再喊我就没去了。不晓得董哥跟她们在一起相处时聊的是什么，可能是工作，可能是形势分析？反正董哥不太会和人聊生活上的事，Maru 喜欢他的什么呢？我也想不到。

那时董哥知道自己要回国了，每个部门的人都介绍给我认识，街上哪里卖肉的，哪里卖蔬菜的，哪里卖五金的，哪里卖水泥的，一一带我去，怕我以后一个人搞不清方向。看我一声不吭又胆小怕事的样子跟在身后，他肯定也发愁。

那几天去了太多地方，记得住的其实也只有电信局和卖冰激凌的地方。冰激凌三块钱买一个口味，四块钱买两个口味，折算成人民币也十多块了，我有点舍不得，董哥却大方地给我买了两个口味的。

卖冰激凌的小姐姐很舍得地挖了好几勺，在杯子里压紧再压紧，我根本吃不完，也因此被她们的实在所打动。后来有朋友来岛上看我，我第一个就是带他们去吃这个冰激凌。

Trade Jack's 的老板在岛上开了两家饭店，一个是海边的西餐店，一个是路边的东南亚饭店。来了朋友，董哥带我们去这里吃，工作上的应酬，他也带人去这里吃。我认菜单就是在这个餐厅学会的，董哥在这时表现出很好的同理心，没有嫌弃我是个乡下人什么都看不懂。

Ika Mata 是岛上常吃的一道菜，主料是生鱼肉，辅以椰浆和蔬菜，吃起来冰冰凉凉，才开始可能会有不适，吃多几次就好了。

我们在这家店常点金枪鱼寿司、海鲜拼盘、披萨和甜酱汁猪排。我最喜欢吃的海鲜拼盘里的烟熏马林鱼，一口气能吃好多块。

领导们要喝酒，董哥知道我不会，都是他自己陪着喝，允许我只喝饮料，这也是我尊敬他的一个重要原因，看起来冰冷的他其实有着一颗柔软的体谅他人的心。

董哥来岛上出差，会带我去 Muri 小憩，那里酒店多，风景好，潟湖里有几座小岛，常有人在那里划船、玩风筝、冲浪。董哥比我会享受生活，因为朴素的我只会爬去树上摘一个椰子喝，绝不可能花钱在酒店买一个这样的东西。

Ginger beer 是我在岛上最爱喝的饮料，后来有一点存款了，也会买好几瓶放冰箱，但人很奇怪，冰箱里一瓶一瓶的不如外面店里少少一杯的好喝。

Mat 是我另一个邻居，有时家庭聚会会喊我去参加。他在农业部做事，人很勤快，院子里种满了各式水果，菜地里也有各式各样的菜。这天他们做了 Umu、Poke 和

Rukau。Umu 是岛国版的叫花鸡，先挖坑，柴火烧热石头，香蕉叶包裹腌制好的肉类，辅以蔬菜草本，然后香蕉的茎盖在上面，慢慢煨熟。Poke 是甜品，类似布丁，但是质地更为黏稠，主要原料是香蕉或木瓜，加上椰浆慢慢熬出来。香蕉做出来的 Poke 为棕色，木瓜做出来的是橙色。Rukau 则是芋头叶子加洋葱、盐、椰浆煮出来的糊状物，我没敢尝试。

董哥派我去外岛出过两次差，各个岛的招待餐基本以鸡肉鱼肉为主，对外岛居民来说，除了鱼，其他食物都很珍贵，得等船运过来，有时一等就是大半年。

我在彭林岛第一次吃到了椰子蟹，很可惜的，没能和当地居民一起在夜里去捉这个螃蟹。招待餐上的椰子蟹已经煮熟了，掰出来白花花又冷冷的肉，算不得多么好吃。后来我回主岛，见人卖这个蟹，为方便保存，也已经煮熟了，二十五纽币一只，我拿回去，把肉卸下来，按照湖南人的做法加辣椒姜蒜和胡椒粉炒一下，有点像吃小龙虾的感觉。

食品日那天，公司赞助了渔业局一些金枪鱼，这天渔业局便在集市给民众免费派发金枪鱼饭。金枪鱼搭配甜辣酱，味道也挺好。旁边有人做烧烤，但这个烧烤确切说是铁板，鱼肉两面煎一下，撒上盐就开吃。也有不用铁板的，但那个火是明火，东西很快被烧得乌黑，没有卖相，也不算好吃。感觉烧烤还是我们的好吃，精细丰富。我喜欢吃他们做的红色的土豆沙拉，大概是用甜菜根染的色。

码头旁边有一个汉堡店，每周三汉堡特价，我偶尔会去买一个吃，他们家的炸鱼也好，咬开，里面是滚烫的鱼肉，配薯条和一点沙拉，缺点是不能多吃，有点腻。

有时也会好奇当地居民的工作餐，在超市照着买来试一试，一个三明治、一小块蛋糕和一瓶大瓶装的果汁。我太喜欢又甜又冰的饮料了。虽然知道会胖，还是会忍不住。

酒店里的西餐看上去精致多了，但味道算不得多么好。回国这么久，我也很少想这些东西。不过有天刷到别人发的 Ika mata，我想起那时王老师带我去吃的一家路边店，说做的是大溪地食物，用的也是生鱼肉，拌酱，搭配生菜和米饭，挤上柠檬汁，酸酸的，又有鱼肉的甜味，我像吃盖码饭一样全部吃完了。

整体来说，岛上的食物离我的湖南胃还是太间隔了，怀念这些可能只是怀念和董哥、王老师一起经历那些新事物的片刻，这些经历拓宽了我的眼界，让我懂得了更多的做菜之道。

布卡岛的煎饼

岛国烧烤

土豆沙拉

酒店的木瓜虾仁

烤鸡

帕默斯顿岛的油炸鹦鹉鱼

那萨岛的招待餐

椰子蟹